『ルードの恩讐』

グインは、まるでおのれが翼ある生物であるがごとく、空中を飛翔していた。
（202ページ参照）

ハヤカワ文庫JA

〈JA781〉

グイン・サーガ⑲

ルードの恩讐

栗本　薫

早川書房

5564

ROAMERS IN THE RROOD

by

Kaoru Kurimoto

2005

カバー／口絵／挿絵

丹野　忍

目次

蜃気楼が消えて、あなたはいない。

あの日からどれほど遠く歩いてきたでしょう。でも私、まだ忘れてはいない。

女にとっては、たとえあらたな愛があっても、それでかつての恋が消えることなんかないのよ。ひとつひとつ、生まれた恋はすべて私の中にある。殿方にはどうしていまの恋しかお目に入らぬのでしょう。あの日の蜃気楼は、ちゃんと私の中にあるわ。

あるのよ、遠いひと……

——リンダのつぶやき

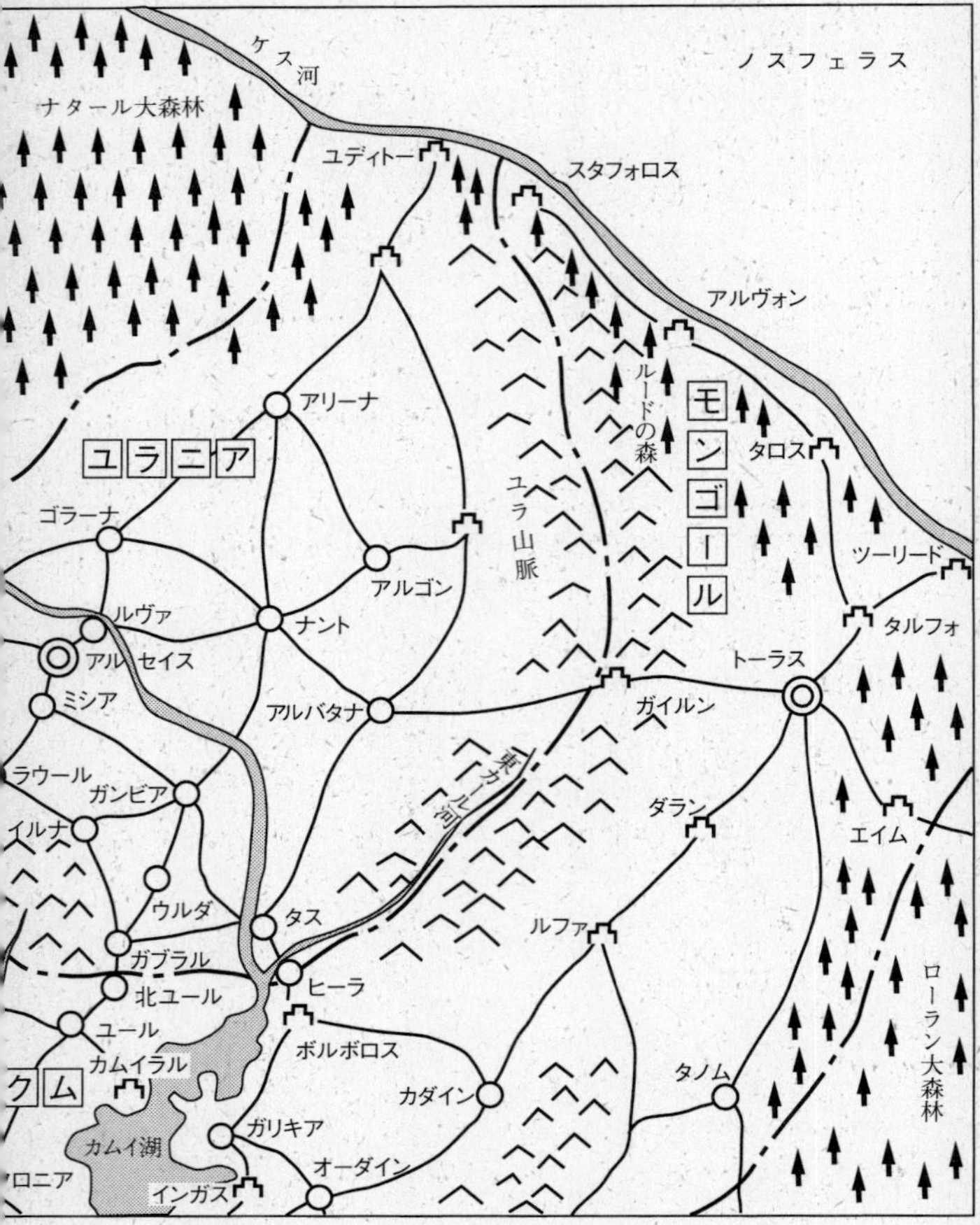

ケス河
ノスフェラス
ナタール大森林
ユディトー
スタフォロス
アルヴォン
ルードの森
モンゴール
タロス
ユラニア
アリーナ
ゴラーナ
ユラ山脈
ツーリード
アルゴン
ルヴァ
ナント
タルフォ
アルセイス
トーラス
ミシア
アルバタナ
ガイルン
東カール河
ラウール
ガンビア
ダラン
イルナ
エイム
ウルダ
タス
ルファ
ガブラル
ヒーラ
ローラン大森林
北ユール
ユール
ボルボロス
カムイラル
クム
タノム
カダイン
ガリキア
カムイ湖
オーダイン
ロニア
インガス

〔中原拡大図〕

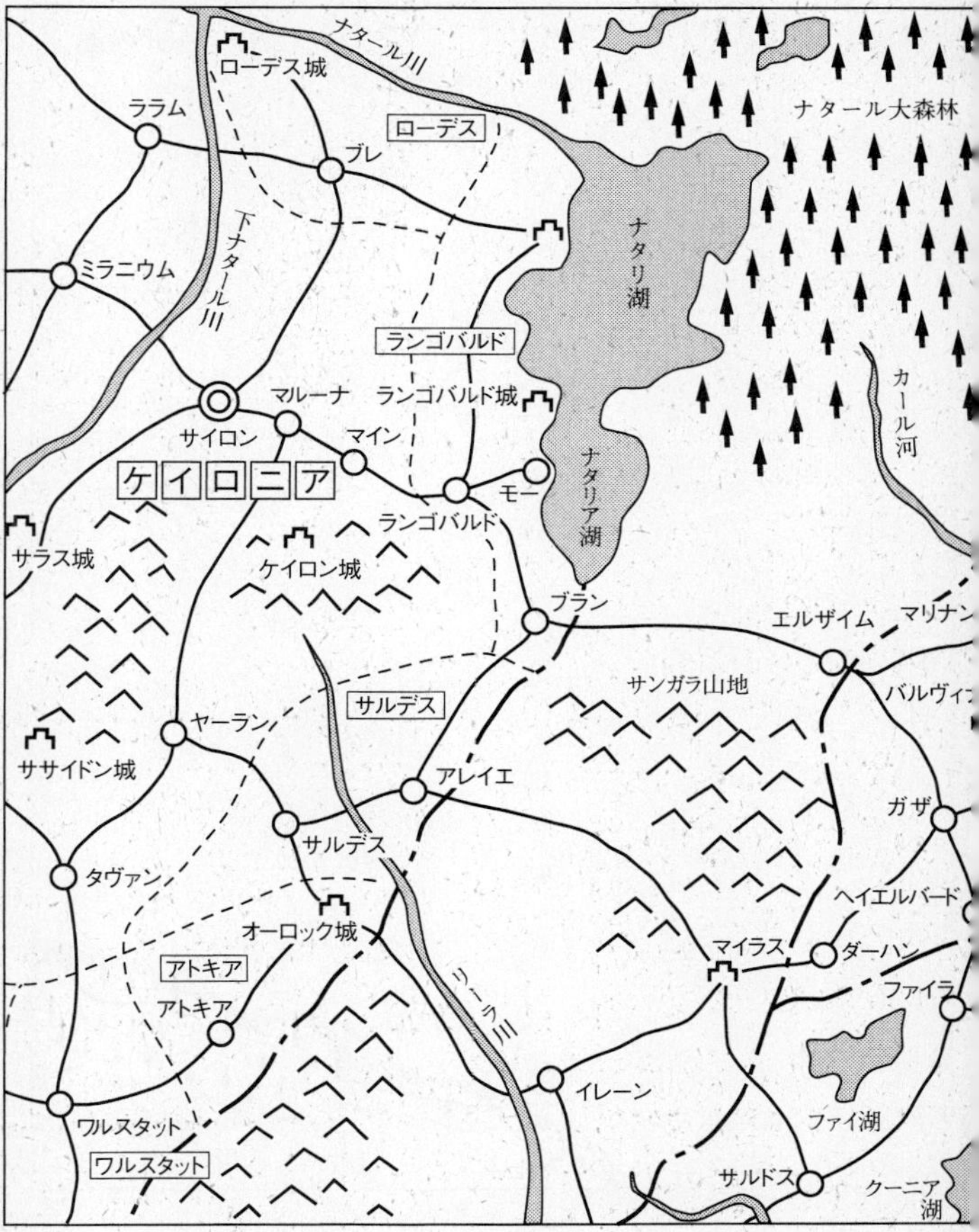
ナタール川
ローデス城
ララム
ローデス
ブレ
ナタール大森林
ナタリ湖
下ナタール川
ミラニウム
ランゴバルド
ランゴバルド城
マルーナ
サイロン
マイン
ナタリア湖
カール河
ケイロニア
モー
ランゴバルド
サラス城
ケイロン城
ブラン
エルザイム
マリナン
サンガラ山地
バルヴィ
サルデス
ヤーラン
ササイドン城
アレイエ
ガザ
サルデス
タヴァン
ヘイエルバード
オーロック城
マイラス
ダーハン
アトキア
リーラ川
ファイラ
アトキア
イレーン
ワルスタット
ファイ湖
ワルスタット
サルドス
クーニア湖

〔ノスフェラス〕

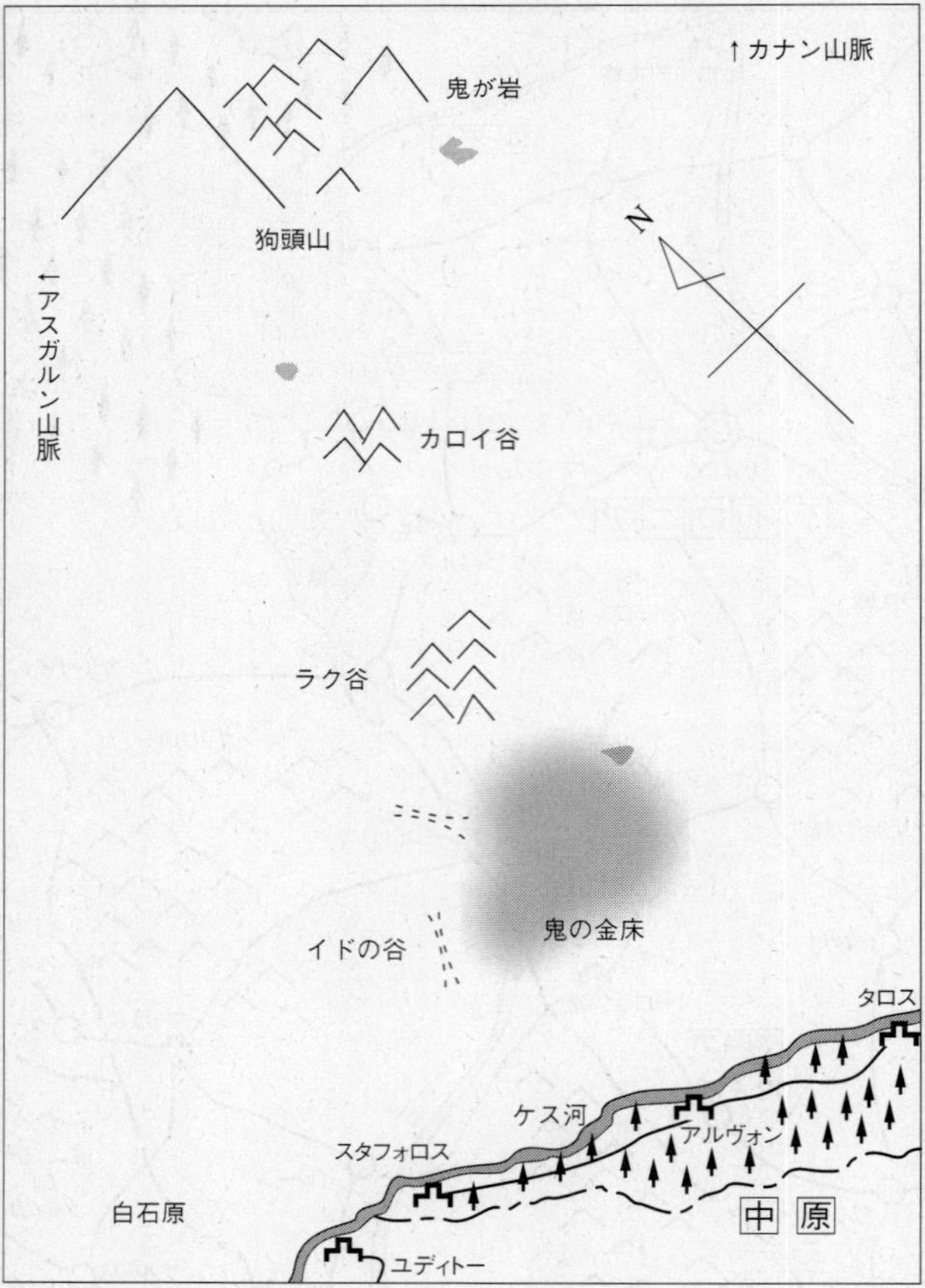
↑カナン山脈
鬼が岩
狗頭山
←アスガルン山脈
N
カロイ谷
ラク谷
鬼の金床
イドの谷
タロス
ケス河
アルヴォン
スタフォロス
白石原
中原
ユディトー

ルードの恩讐

登場人物

グイン……………………………………ケイロニア王
ザザ………………………………………黄昏の国の女王。大鴉
ウーラ……………………………………ノスフェラスの狼王
ハラス……………………………………モンゴール反乱軍の指揮官
オー・エン………………………………ゴーラ軍兵士
マルコ……………………………………ゴーラの親衛隊隊長
イシュトヴァーン………………………ゴーラ王

第一話　ルードの虜囚

1

　一行は、粛々と森の中にゴーラ軍が切り開いた道を、南へと戻りつつあった。モンゴール反乱軍はほとんど道を切り開くこともせずに木々のあいだをかくれるようにしてノスフェラスを目指していたとみえ、ゴーラ軍の歩兵たちがそのあとで、粛々と進んでくる騎士団のためにせっせと木を切り倒したのだろう。左右にごろごろと巨木が積み重ねられ、まるで堤防のようになっている道がずっと深いルードの森のあいだを通じている。それは一種、奇妙なほどに暴力的な光景であった。長い、長いあいだ、無人のあやしい辺境の大森林として、そのなかにふしぎな奇怪な生物たちや、美しい赤い目のトカゲたち、そして気儘な小動物たち、虫たちを養い隠してきたルードの森に、はじめて入れられた人間たちの力の斧のあかし、とその道はいかにもはっきりと見えたのだ。

　グインは、いくぶん憂わしげな目をその、両側にどこまでも切り倒された木々が積み上げられている道を、貸し与えられた馬にうち乗って進みながら、その両側の森に向けていた。その胸中にどのような考え——あるいは感慨が去来しているのかは、グインならざるものにはしょせん知る術とてもないことであったが。

モンゴール反乱軍の首領、うら若いハラスとその幹部たち十人ばかりは、ひとかたまりになって、武装解除され、馬に二人づつ乗せられて行軍のなかほどに、グインのすぐうしろにつきしたがっていた。ハラスだけが一人で一頭の馬を許されていた。ハラスは、あれやこれやと深く思いまどい、思い悩むことも多かったとみえて、ずっと黙然と唇をひき結んだまま、時折ひどく物思わしげな目をグインの背中に注いでいた。そのおもては青ざめていたが、それも無理はなかった。かれは、もっともかれを憎み、かれが憎み、その手に落ちればもっともおそるべき拷問とすさまじい処刑だけが待っているはずの敵の手に落ちたのだから。だが、彼はくちびるをかみしめたまま、一切恐怖心も、ひるんだところも見せまいとしていた。かれの部下たちもまた同じであった。

その捕虜となった数少ないものたちのほかのモンゴール反乱軍は、負傷者や一行のなかの女子供らともども、ルードの森のほとり、ケス河の川辺に置き去りにされた。さすがにそれはあまりにもむごい仕打ちであると考えたからであろう、さしものイシュトヴァーンも、かれらから武装解除したり、また生活必需品やそのほかのとぼしい荷物を取り上げることはしなかった。一応、ケス河の対岸に先に渡ったものたちははらはらしながらもどうするすべもなく、手に汗握って対岸の戦いを見守っていたので、そのかれらとなんとかしてケス河を渡って合流できれば、多少は生きのびる見込みも増えたかもしれぬし、また、ルードの森側に戻ってきて、なんとか力をあわせてこの辺境を脱出したり、あるいはどこかにひっそりと身を休めたりということも可能ではあったかもしれぬ。だが、同時にまた、ルードの森はあまりにも、不可解な怪物たち——他ではみられない、グールや死霊たちの存在が知られているところであった。ケス河もまた、暗黒の川として知られるところであった。そうであってみれば、かよわい女子供と、そうでなくてもいたでをおっている負傷者たちをかかえて、かれらがむざんにも全滅してしまう可能性も充分すぎるほどにあった。ハラスはときたま肩越しにふりむいて煮えるような視線をもはや見えぬケス河のほうに送ったが、その胸中には、それらの、置き去りにしてこざるを得なかった同胞たち、同志たちへの痛恨もどれほどか煮えたぎっていることだろうと察せられた。

だが、イシュトヴァーンとそのひきいるゴーラ軍のほうは、いっこうにそのようなものにはとんちゃくしなかった。グインとハラス一行という収穫を中心におしつつみ、かちどきこそあげなかったが、勝ち誇って進軍してゆくかれらは、まさに、自信と誇りとに満ちあふれた征服者であり、勝者であった。

イシュトヴァーンはその進軍の中心にもどり、グインの馬のちょっと先に親衛隊の数十騎に囲まれて、白いマントと長い黒髪をたなびかせながら進んでいた。かぶとをかぶらないそのすがたは遠くからでもよく目立ち、矢の名手にでも遠くから狙われたらどうなることだろうと思わせるものさえあったが、かれ自身はおのれにはいまやどのようなわざわいも手をふれることはできぬ、と――なかば無理じいにでも信じ込んでいるかのようで、そのおもては、けわしくひきしまっていたが、どこか満足そうであった。

かれらはケス河をあとにし、どんどんきたほうへと引き返していた。ルードの森を、ゴーラ軍はずっとそのようにして切り開きながら追撃してきたので、帰途はたやすかった。そして、その長い午後がようやく暮れかけてきたころ、イシュトヴァーンの口から、号令が発せられた。

「全軍停止！　夜営用意！」と。

その号令が出るなり、みごとにゴーラ軍全軍はぴたりと停止した。そして、ただちに、それぞれに何ヶ所かにわけてかがり火を焚けるよう、切り開いた森の道の周囲をさらにひろげはじめ、木々に火がうつったりするおそれのないように、周囲に小さな空き地を作り始めた。その手際も、すでに何回となくこのような行軍を経験している訓練された軍勢らしくいかにもきびきびとしていた。

「どうだ、グイン、俺の軍勢は立派になっただろう」

いつのまにか、イシュトヴァーンは、馬からおりたグインのかたわらにきていた。近習に、グインの馬をつないで世話をしてやるよう命じておいて、グインに、すでに最初に用意されていた小さな空き地にすえられた床几にすわるよういざなった。ハラスたちは、まとめて馬からおろされ、厳重に歩哨たちにとりかこまれて、地面にすわりこんだ。

「いま、もうちょっと居心地のいい司令本部を作らせるが、まあ、とりあえずここでしばらく待っていようや。——いや、もともと、こいつらは若くてちゃんとした訓練も受けちゃいなかったが、俺がずーっとイシュタールで仕込みに仕込んで、やっとこの程度に使える軍勢にしたんだぜ」

イシュトヴァーンは自慢した。

「このまえ、あんたとやったときには、そりゃ手もなくひねられちまったかもしれねえし、いまだって、あんたがてめえの最強部隊を率いてぶつかってくりゃ、こっちもかなり苦戦することになるだろうが、まあ、まず世界に恐しいのはそれだけだな。失礼ながらケイロニア軍といったところで、あんたが率いてるんでなけりゃあそんなもの、恐るるに足らずだ。俺がこれだけ鍛えたんだからな——俺は、だんだんわかってきたが、俺はけっこう司令官て向いてたんだよ。というか、好きなんだよ、指図して、兵隊どもを動かして、戦わせて、戦って、そうして、勝つのがさ」

「……………」

グインは、何も云わなかった。

グインにしてみれば、当然のことであった。グイン自身は、まだほとんど記憶を取り戻したとはいえない。かなり、いろいろなことを、セムたちにきいたり、あるいはことに、ザザやウーラにきいたり、またちょっとは自分で思い出したことがあるとはいっても、それは、たぶんおのれの本来持っていたはずの記憶のなかのごくごく一部なのだろう、ということはグインもわかっている。また、イシュトヴァーンのようすや、そのいうことばから、またハラスたちのことばからも、徐々におのれのこの世界でおかれているらしい立場、というものについては見当がついてきたといっても、まだ、そもそもその《ケイロニア》というものそのものが、グインには深い霧に包まれているようなものである。うかつな返答をすることで、イシュトヴァーンに、おのれのその事情を悟られてしまうことを、グインはひそかに何よりもおそれていた。

イシュトヴァーンのほうは、グインがはかばかしく返事をしない――少なくとも、いつものようにはちゃんと返事をしない、ということを実はかなり気にかけていたのだが、いっぽうでは、グインがそれほど、いわゆる饒舌というたちではないということも知ってはいたし、彼なりにひそかにかんぐっていることもあったのだった。

(こんなとこに、突然ただひとり、こんな軽装で――それもなんだか妙ちきりんな、間に合わせの寄せ集めみたいなかっこうでグインがひとりで飛び出してくるなんて、これは絶対に何か大きなウラがあるんだ)

ていたのである。

イシュトヴァーンは、進軍しつつ、愛馬の背にゆられながら実はひとりで考えに考え

(グインのやつの様子はなんだかおかしい。俺が話しかけてもあまりはかばかしい返事をしねえし、というよりも、できれば俺となるべくこまごまとことばをかわさねえですむようにしたいと思ってるみたいだ——ちょっと、俺を避けてるようでさえある。だが、それはたぶん、ここに奴が単身こんなようすで飛び出してきたこととかかわりがある。……きっと、奴は何か大きな秘密をかかえてるんだ。そいつを、俺がつかんだら、ひどく危険だ、と奴が信じているような何かを。——だから、奴は、俺にそいつをさぐられねえよう、むにゃむにゃといってごまかそうとしてやがるんだ)

(間違いねえ。こういうことについちゃ、俺の鼻はよくきく。——この秘密ってのは、たぶんあのモンゴール反乱軍の若僧どもとは何のかかわりもねえことだ。むしろ、ここにあの若僧どもが飛び出してきて、それでそれがああしてなぶり殺しにされるのを見かねて思わず飛びだしちまった、というのは、まったく本当のことなんだろう。だが、本当はそうしてはいけなかった、ここで俺に見つかってはいけなかったんだとたぶんやつはすごく後悔しているんだ。——たぶん、その秘密は——)

イシュトヴァーンは目をぎらつかせて空をあおいだ。

(その秘密は……やつは、あそこからやってきた。たぶん、やつは、姿を消したときだ

って、あそこに消えたんだ。あそこ——つまりノスフェラス)

(そうだ。やつはノスフェラスに消えて、そしてノスフェラスからやってきた。——ノスフェラスに何かがあるんだ。何か——大きな秘密、やつがどうしても、俺から隠しておきたいような秘密が……)

(そうだ、それに、あいつは、もともとノスフェラスとは大きな縁があった。俺がやつとはじめて出会い、そしてスタフォロス城の攻防のあとに、ケス河をわたってノスフェラスに逃げ込み——そこでモンゴール軍とすったもんだして、セムどもの村に入ったりしてたときも……たぶん、あのころから、やつはノスフェラスとはのっぴきならぬ何かの関係があったんだ。そしてたぶん、今度もまた……)

(やつがいったいどうやってクリスタル・パレスから姿を消し、ノスフェラスにあらわれたんだかはわからねえ——もしかしたら、その大きな秘密ってのは、その、やつが突然クリスタル・パレスから姿を消したと思ったらノスフェラスにいた、っていうことそのものにかかわってるのかもしれねえ。そしてやつはまた、ノスフェラスからあらわれ……どうしようとしてやがったんだろう。何か秘密をもって動きまわってたんだ。そして、その秘密をどうしようというのか……なんで、ケイロニアにじゃなく、この、モンゴールに近いケス河の川辺にあらわれやがったのか……それとも、もっと本当は下流、ロスの町をでもめざしてたのか……)

（やつに口を開かせなくては。なんとかして、ちょっとでもいい、やつが何をたくらんでるのか、何を隠してるのか、かぎつけられるようにしなくてはな……それはきっと、どでかいことだ、俺にはわかる。俺にはそういう気がする——こういうときの俺のカンはすげえんだ。いまのグインには秘密がある——そしてその秘密は、きっと中原をゆるがすようなことだ。もしかしたら——そうだ、もしかしたら、きゃつの秘密とは、俺がゴーラ王であることとかかわりがあるのかもしれねえ。——やつは、俺をゴーラから逐おうともくろんでるのか？　だとしたらあのハラスって若僧を助けるのも納得がゆくが——だが、何のために？　いや、そんなことだけじゃねえ。もっともっと大きな秘密……俺にはとうてい想像もつかねえほど、大きな秘密……）

「なあ、グイン」

黙り込んだままのグインを、苛々するようすもなくじっと見つめて、イシュトヴァーンは黒いあやしい夜の色の瞳をまたたかせた。

「あんたはなんだか、ずっと俺に無愛想なままだが、何か俺に怒ってるのかい。根に持ってることでもあるのか、そうじゃあねえんだろう？　俺はあんたに根に持たれるようなことはした覚えもなんにもねえものなあ。それどころか、ずっと俺はあんたに出来る限り協力してたじゃねえか？　その俺を、クリスタルまで引きずってって、結局、あんたが俺を放り出したんだ」

「おぬしを放り出したわけではない」

ゆっくりとことばを選びながら、グインはやっと慎重に云った。

「なぜ、放り出した、などと思うのだ」

「放り出したわけじゃねえって——そりゃ、確かに、俺一人を放り出した、というわけじゃあねえさ。ほかの連中みんな、ケイロニアの遠征部隊も、あんたの大事な《竜の歯部隊》ってやつも、それにあんときあんたにくっついてきてた、ゼノンだのトールだのってケイロニアの将軍どもも、みーんな放り出しただろうさ。——ついでにいうならリンダも、それにパロの連中をもな」

「リンダ」

ぴくっと身をふるわせてグインはつぶやいた。だが、それについては、あえて何も云おうとしなかった。

「そうだ、リンダだって、あんたが突然いっちまったといってすごく怒ってたぜ。そりゃそうだ。だってあんたは、リンダを助けてやるといって兵を動かしたんだ。だのに——いや、そりゃ、まあ、あんたが消えたのは、最終的にはパロをあのばけもんから救うためだったのかもしれねえさ。だが、そんなの、俺たちにしてみりゃ、何がなんだかわからねえままおいてけぼりにされたのと同じことじゃねえか？　まして、俺に対しては、あいつら、失礼なやつらで、詳しく説明しろとか、いったいこれはどういうことだとか、

なんでケイロニア王グインが自軍の兵もなにもかも放り出してひとりで消滅しちまった、などということがおこったんだ、と詰問しても、ちっとも要領を得なかった。いや、おのれらもわからないんだとか、すっかり、めんくらっておりますだの、わけがわからないだの、わかりしだいご報告申し上げるだのってさ——もし中に、とてもよく事情をわかってるやつがいたとしたって、それをまったくいうつもりがねえんだったら、俺にはとうてい、そいつを聞き出すことはできねえさ、そうだろう？　だもんだから、俺はいまだに、あんときのこたわけがわからねえままだ。もしかしたらリンダだってそうなのかもしれねえけどな」

「………」

「ほんとに無口になっちまったな、グイン。もっともあんたはもとからそうよく喋るほうじゃねえのは確かだが。俺と話すのが、イヤなのか？　え？」

「そうではない」

また気を付けてことばを選びながらグインは云った。イシュトヴァーンのことばのはしばしからも、少しづつ、パズルがはまってくるようにほどけてくるものがある。だが、それでも、肝心の真ん中の部分が欠け落ちているままなのだ。うかつなことをいって、おのれが記憶を失っていることを悟られたら、非常に危険だ、ということだけは、だが、いまのグインにとっては、あまりにもはっきりとしていた。

（抜け目のなさそうな男だ——それに、困ったことに、いわゆる学問が出来る出来ないだの、そういうものとはまったく別に、かなり頭が切れそうな男だ）

グインはじっとイシュトヴァーンを見つめながら考えていた。その脳裏に、ザザのことばがまざまざとよみがえる。

（——でもイシュトヴァーンはもう傭兵じゃない。彼はさまざまな不思議な運命の変転を経て、あんたがケイロニア王グインとなったころとほとんど時を同じくして、ゴーラの僭王イシュトヴァーンと呼ばれるようになったのだ。そしていまでは、世界じゅうが流血の王イシュトヴァーンの暴虐と野望とを恐れている。——それをとどめられるのは、あんた、ケイロニア王グインだけだろうという見方が中原でももっぱらだそうだ……）

（ふしぎなことだな）

イシュトヴァーンを見つめながら、グインは考えていた。

（こうして目の前にしているかぎりでは……このほっそりとした、なんだかかなりびりびりとはりつめた感じのする男が、そんな、流血王だの、暴虐と野望を世界じゅうに恐れられている殺人鬼のような男だとはとても思えぬのだが——）

（そうではなく、この男の雰囲気や、その目つき、ものいいからたちのぼってくるものは、もっとずっと俺からみれば、不安で、孤独そうな……苛々した、不幸そうな——自分に本当には自信をもっていないのではないかという——いや、そうではない。自信は

持っているが、幸福ではない、そのことでとても心外に思っているような……そんな何かだ)

(これは、どういう男なのだろう。——俺はこの男の名にひどく激しく反応してザザを驚かせた。こうして目の前にいても、だが、何か特に親しい気持や、逆に憎む気持がわきあがってくるわけではない。むしろ、落ち着いた、穏やかな気持しかない。……だが、何か落ち着かぬものは、この男のほうにある。この男は、何か、決して手に入らぬものを欲しがっている子供のように見える……)

「あんたは、また黙っちまってさ」

イシュトヴァーンは肩をすくめた。

「まあいい、とにかくあんたにはトーラスにきてもらわなくちゃならないんだし、道中はそれなり長い。のんびりやろうぜ——せっかくだから、つもる話でも、昔話でもしながらな。俺もまだまだ、昔を思い出すには早すぎる、若すぎるとは思っていたが、このところばかに昔のことが思い出されてならねえんだよ。もしかして、こんな——昔を思い出すような、ルードの森の近くだの、ケス河だの、ノスフェラスの近くにきたからかな。——昔はずいぶん、いろんなことがあったよな、グイン」

これは、グインにとっては、非常に困った——というより、もっともおそれていた話の展開のゆきかたであった。だが同時に、求めていたさまざまな情報をなんとかして入手するよい機会でもあった。グインは、あいまいに笑った。

「ああ、そうだな。いろいろなことが」

「なんだよ」

だが、イシュトヴァーンは敏感にグインの口調に違和感を感じ取って唇をとがらせた。もっともその違和感の感じ方は、グインがおそれていたのとはまったく違う方向にだったのだが。

「そんなに、俺と、思い出話をするのがイヤなのかよ。まだ、思い出話にふけるほどじじいじゃない、というんだったら、それはそれだが、俺と肩を並べて一緒に戦ったことだの、俺を助けてくれたり俺があんたを助けたりした過去のことはみんな忘れてしまいたい、っていうんだったら、俺は悲しむぞ。というより、怒るぞ、グイン。俺とあんたの仲じゃないか。いつだって、俺とあんたは、誰がなんといおうと、特別なヤーンの絆で結ばれたものどうしだったんだよ。だからこそ、思いがけなくもこんな、はるかなルードの森のなかでまたしてもめぐりあうことになったってわけだ。そうだろう——あんたがクリスタル・パレスで俺を置き去りにしたにもかかわらずさ」

「だから、置き去りにしたわけではないといっているだろう」

「俺からみりゃあ置き去りなのさ。なあ、あのあと、あんたはノスフェラスにいったのか？　そして、いままでノスフェラスで何してたんだ、どこで、何を？」

「……」

まっすぐに切り込まれて、グインは当惑した。

「それは……」

グインは考え、そして、心をきめた。

「いま、おぬしに話すわけにはゆかぬ。そのうちに、話せるようになるときがくることもあろう。だが、いまはまだ何も聞かないでくれ。聞かれても、俺には話すことができないのだ」

「俺は、聞いたぜ、グイン」

イシュトヴァーンはずるそうに目をまたたかせた。一瞬、その表情は、ふしぎなことにちょっと昔のあの陽気な傭兵をほうふつとさせた。

「ノスフェラスで、なんか起こってるんだってな。それがなんだかはわからねえが、確かに確実に《なんか》が起こりつつあるんだってな。ノスフェラスが変わりつつあるんだ、って話は、もう、トーラスの下町にまで届いてたようだぜ。まあ、トーラスの下町だけで聞いたわけじゃねえんだが。——だが、ノスフェラスでは何かがはじまってる。これまでとまったく違う何かが……その証拠に、そろそろ黄砂の季節になるというのに今年は黄砂がこない、まったくこない、って話も、このへんの開拓民どもにもきかされたし、それに、ルードの森もなんとなく、以前に知ってたのとかわってきたような気がする。なんだか、確かに、あっち方面で何かが変わってきはじめてるんだ。だから——」

「……」

「だから、あんたが、あそこにいたんだとしても……それとも、あんたが、そこにいたから、そのなんかが起こったんだとしても、俺は驚かねえぜ、グイン」

「おぬしが何をいってるのか、俺にはいっこうにわからぬが」

「相変わらずだな！　その、韜晦というか、しらじらとしらを切る切り方は、本当に豹頭の戦士グインだな！」

イシュトヴァーンは肩をすくめた。

「いいさ。いずれつきとめてやる。あんたがいま白状しなかったとしたって、俺が確実に、いまにノスフェラスの秘密をつきとめてやるよ。そしてそれが、もしも俺の役にたつことなら、それを使って——俺はさらにさらにでっかくなってやる。もうここまできたからには、誰にも俺をとめることなんかできっこねえんだ。そうだろう」

「……」

「なんだよ」

ふいにかっとしたようにイシュトヴァーンは云った。

「そんな、あわれんだようなな——なんだか、もののわからなくて気の毒なやつを見るようなさげすんだような目つきをしやがって。あまり俺を怒らせないほうがいいぞ。お前はいまんとこ、どうあれ俺の捕虜なんだからな。それはわかってんだろう」

「俺は、捕虜なのか？　そうは思っておらなかったが」

「あんたは、俺のとりこさ、グイン」

ニヤッと笑って、イシュトヴァーンは云った。

「そうでねえと思ってたんなら、これからそう思ってもらったほうがいい。だってそうだろう。このまわりはすべからく何千人のゴーラ軍に埋め尽くされている。しかも――あんた一人ならまだしもかもしれねえが、その弱っちいモンゴールの若僧どももいる、いわば人質もとられてる。あんたに何が出来るってんだ。それについてだけは俺はすっかり確信してんだぜ。あんたは俺のとりこだ。誰も、あんたの部下たちは、《竜の歯部隊》だって、大事な陛下がこんなとこにいることも知らねえから、助けにだってこられる気遣いはねえし。いまのところは、あんたはまったく俺のもんだ。そうだろう、ケイロニア王グイン――豹頭王グイン陛下」

2

あちこちで、ようやくかがり火が完成し、煙があがりはじめた。

それと同時に、だいぶん夜のとばりのおりてきたルードの森のそこかしこで、なるべくくっつきあい、なるべくひとりで隊列をはなれぬように気を付けながら、交互で休息をとるように、と告げてまわる伝令が、ゴーラ軍の陣営のなかをかけまわった。かれらは、切り開いた道にそって、とてつもなく長い夜営の陣をしいていたが、とてもくつろいだやすらかな、居心地のいい一夜にはなろうはずもなかった。すでに、暗くなった森の遠い彼方のほうから、あやしい死霊の鳴き声のような奇妙な叫びのようなものが聞こえはじめていた。ルードの森が、どんなところであるかは、誰もが知っていたし、こうしてかがり火をたいて、大人数の軍勢で身をよせあっていてさえ、不運なものはグールにひきずり出されてむさぼりくわれてしまったり、死霊にまどわされて森に迷い込んで二度と出られなくなってしまうだろう、ということもよく知っていたのだ。それゆえ、かれらはひどく気を立てて、身をよせあいながら、まわりの暗闇にひっきりなしに目をこらしていた。

「マルコ」

それでもイシュトヴァーンのためにだけは、ずっと持参している天幕が用意された。そのなかに入ってきたイシュトヴァーンは、ばさりとマントを投げ捨てて小姓にひろわせ、「火酒」と命じた次の瞬間マルコを呼んだ。

イシュトヴァーンにとってはいまやかかせぬ右腕になっているマルコは、いったん休息に入るやいなや、イシュトヴァーンがマルコにあれやこれやと話したがることはもうとっくに心得ており、ずっと天幕のなかでイシュトヴァーンを待っていたので、すかさずイシュトヴァーンに床几をすすめながら膝をついた。

「こちらにおります」

「お前、どう思う」

イシュトヴァーンは性急であった。腰から剣をひきぬいて、近習に渡しながら云った。

「どう思う——とは……」

「なんで、ここに、グインの野郎が出てきやがったんだ？　ってことだよ。ばか」

イシュトヴァーンは胴丸を小姓にひもをとかせて、脱ぎ捨てた。別につけている腰当て、小手あてとすねあてもほどき捨て、上から、ふわりと羽織る長いやわらかいなめし革の上着を羽織らせてもらう。そのままどかりと床几に腰をおろし、運んでこられた火酒に手をのばした。まわりに近習や、当直の護衛の兵士がいることなど、気にもとめぬ。

「正直お前だってけっこうたまげただろう。なんだって、ここに、ケイロニア王が出てきやがるんだ。クリスタル・パレスから突然消え失せた豹頭王グインがだよ。え」

「それは、まったく——仰天いたしましたが……」

マルコは慎重に答えた。

「まあしかし——あのかたはなかなか神出鬼没ですし、それに……」

「それに、何だよ」

「たくらみの多いかた、といっては失礼ですが、あの豪放磊落なみかけによらぬ、なかなかの策士である、というのは、つねづね云われているところでありますし……」

「そうなんだよな！」

イシュトヴァーンは我が意を得たとばかりにうなづいた。気に入っているあいだは、何もかも、その側近のいうことなすことが的を射ているように思われていっそう感心し、ひとたび気に入らなくなると、何もかも敵意をもってしまう、というのはイシュトヴァーンのよくないくせである。そしていま、イシュトヴァーンの一番の気に入りは何回も二人で旅をともにした同郷人のこのマルコであった。

「あいつは、あんな見かけをしてるし、あんな戦いようをするんだから、ただの狂戦士、戦うしか能のないばかな武人かと思われやすいが、決してそうじゃあないんだよな。それは俺は何度もそう思った。あいつは、むしろ、非常に冷徹な将軍で、すげえ武将だ。自分の戦いぶりがすげえからあまりそう思われないが、俺は、あいつは《知将》ってやつだと思ってる」

「ほう……そうですね。確かにそうかもしれません。私も少しは、グイン陛下の戦いぶり、指揮ぶりは拝見したこともございますし、いろいろと陛下の戦いについての話もうかがっておりますから」

「ただ、あいつは、欠点がひとつあるとすると、なんでも自分でやりたがることだな」

イシュトヴァーンは、自分自身がいつもしばしばそういって批判されていることはよく承知していたので、その同じ批判を、ひとにぶつけられることがちょっと気持がよさそうであった。

「まあこれは、俺だってひとのことはあんまり云えねえじゃないかと云われちまうかもしれねえけどよ……でも、あいつはああやって、とにかく自分の精鋭をひきいて先頭にたって、なんでも自分ひとりでやろうとしてきた。それに、俺よりもっといろいろやってきたのは、俺は少なくともお前だの、ほかの連中を連れてったが、あいつはただひとりでいろんなことをやろうとするときがある。前にたしか、リンダを助けにだっけか？クリスタル・パレスに乗り込んだことがあっただろう。本当は、あんなのは、大王様のなさることじゃねえ。血気さかんなそのへんの騎士とかならしてもいいがっていうようなことだ」

「それはまったくそのとおりでございますねえ」

「だから、あいつは時々、そうやってゆきすぎをする。たいていいい結果が出てるから、誰もそれについちゃ何も云わねえみたいだが、俺はあいつのことは気にしてしょっちゅう間諜にいろいろ調べさせたからよく知ってる。あいつが、ケイロニア皇帝の命令にそむいて、ユラニア遠征に最初に出かけていっちまったときも、やっぱりそうで、結果がよかったから誰も何もいわず、ほめられ者で終わっちまったが、本当は、あれは越権行為というか、やっちゃいけねえことだったらしい。シルヴィア皇女を救出しにキタイへいった、っていうのは、まあそれは皇帝の命令だったらしいが、そのときにはケイロニア王じゃあなかったから、まだ、腕に覚えの勇者がそんな危険な冒険を単身でしたところで、それはそれかもしれねえが、れっきとしたケイロニア王となったいまとなっちゃあ、本当はそれはしちゃいけねえことだろう、なあ」

「それは、もちろんそのとおりです」

「俺が、ただひとりで、トーラスへ乗り込むなんていったら、お前は、血相かえてとめるだろう。そうだろう、マルコ」

「それはもうあたりまえですよ。そんなとんでもないことがあったら、われわれ全員が路頭に迷ってしまうわけでございますから」

「だが、それが、あいつが――グインがクリスタルでやったことだよ。あいつは部下の将軍どもとそのひきいる騎士団、ケイロニア遠征軍全員を路頭に迷わせて突然消えてしまった。――本当はどこにいったんだか、誰か知ってたのかもしれねえし、もしかしたら本当にあれは事故だったのかもしれねえが、ともかく、ケイロニア王が部下をおいて消えうせちまうなんて、それこそとてつもねえもいいとこだよ。こんなとてつもねえ話はきいたこともねえ」

「まったく、そのとおりで」

「だが、今度は、きゃつは突然あらわれた。あんな格好をしてだ。どう思う」

「どう――さあ、それがわかれば、私としてももうちょっとは……」

「俺は、思うんだ」

イシュトヴァーンは声をひそめた。どちらにせよ、天幕のなかには、どうやら内密な話になりそうだと遠慮して警固の騎士たちも近習たちも天幕の外へひきさがってしまったので、ほかのものは誰もいなかったのだが。

「やつは、たぶん、ノスフェラスで何かを――何かをしてきたんだぜ」

「何か。と申されますと、何を」

「さあ、それがすぐにわかりゃあ苦労はしねえが……何か、ノスフェラスにあるか、それとも、ノスフェラスで何かをしでかしたか……それも、あいつはただそういうことを考えもなしにするやつじゃねえ。たぶん、ノスフェラスでやったか、手にいれたか、何かしたことが、中原の情勢に大きく影響するような何か、だ。あいつは、それをするために、あるいは手にいれるためにノスフェラスにいったんだ。いま見たところじゃあ何も手にしてねえようにみえるが、あるいはそれを隠してきたか……それとも、もうそれをどこかに送っちまったか……」

「私には、まったく想像もつきませんが」

マルコは感心していった。

「いったい、それはどのような……」

「馬鹿野郎、それがわかりゃあ俺だってこんなことで苦労はしてねえや。だが、間違いねえ。あいつはノスフェラスで何か秘密をつかんできたんだ。それをつかむためにノスフェラスに逃げたんだ。そして、ノスフェラスでつかんだそれをもって戻ってきて——ただ気になるのは、それでまっすぐケイロニアに帰らないで、ここに……ケス河のほとりなんてとこにあらわれやがったってことだ。もしもケイロニアに戻るつもりなら、もっとずっとケス河の上流から渡ってゆけば、ユラニアの北部をぬけてケイロニアに戻れるのに、わざわざ遠回りになるこんなあたりまでケス河ぞいに下ってきたってのが……どうにも気になる」

「はあ……」

「きゃつはまさかと思うが——モンゴール問題に介入しようとたくらんでるんじゃねえだろうな？」

「は……？」

「ケイロニア王は、もしかして、モンゴール問題に関して、モンゴールの肩をもち、ゴーラに対して、モンゴールから手をひけ、というつもりじゃねえだろうな、っていうんだよ」

「まさか。そんなことをなさる理由がございませんでしょう。ケイロニアとゴーラはいまのところ関係は悪くございませんし、ケイロニアとモンゴールには直接の国交も利害もないはずでございますから」

「そうなんだが……だが、なんだかくさい。なんだか気になる——なんだか、俺には、におう、と感じられてならねえんだ」

「く、くさい……とは何が……」

「あいつのこのキナくさい動きは何かたくらみがあってのことに違いねえ。そうでなけりゃ、こんなふうに動くあいつじゃねえ。くそ、なあ、マルコ、どうだろう。トーラスで、あいつを——拷問にかけたら、まずいかな」

「ひえっ」

あまり驚いたので、マルコは床几から転げ落ちそうになった。

「な、何をおっしゃるんですか。ケイロニア王グイン陛下を、ご、拷問」

「きゃつのことだからな。なまはんかにぶっ叩いたくらいじゃ、チーチーにくわれたほども感じねえだろうがな。だが、たとえば……」

イシュトヴァーンはきらりと目を陰険そうに光らせた。

「あのハラスって若僧、あいつを拷問にかける、と脅すとか——それとも本当にかけてやるとか……あいつに関しちゃ、俺もちょっと、うらみをはらさせてもらいたいふしがだいぶん、ねえでもねえからな。心から喜んで拷問室に放り込みたい気分だが——きゃつがそもそもなんであのハラスを庇ったのか、そのあたりが、そうしたら、はっきりするんじゃねえか？」

「そ、それははっきりはするかもしれませんが——しかし、そんなことをしたら、たいへんな——国際問題になりますですよ。対ケイロニア戦争になってしまったら、どうなさるおつもりで」

「誰も知りゃしねえさ、ケイロニアの豹頭王グインがこんなところで、ゴーラ王イシュトヴァーンの手に落ちているなんて」

イシュトヴァーンは傲岸に言い放った。

「もしそれでケイロニアから兵がきたりするようなら、きゃつはそれこそ、突然ここにあらわれたんじゃあなく、出来心でも、風来坊としてでもなく、ちゃんとケイロニアと連絡をとりあい、すべては計画の上、周到にたくらんだ作戦としてクリスタル・パレスから消えてからややあってケス河のほとりにすがたをあらわしたんだ、ということだろう。だったら、これは、もう、ケイロニアそのものがたくらんでることだ、とみていい。

――もしかしたら」

「え、ええ……」

「ケイロニアにとっちゃ、ゴーラがかなり目障りでならねえのかもしれねえな」

「と……申されますと……」

「もしかして……」

イシュトヴァーンは、自分の思いついたことに、自分でおもてを曇らせた。

「なんといってもゴーラの中心部ユラニアはケイロニアにとっちゃ、パロをのぞけば一番近い隣国だ。――その隣国があまり力をつけてきて、あまり野心を露骨にもってるようすが見えると、世界最強を自負するケイロニアにとっては、邪魔なだけじゃなくて、面子にかかわるのかもしれねえ。ケイロニアが、本当は――外国の内政不干渉主義なんて格好いいことをいいながら、本当のところは俺がゴーラ王になってからゴーラがどんどん躍進してゆくのを気にして、邪魔だと思っていたとしても、俺はちっとも驚かねえぞ」

「………」

「そうか」

イシュトヴァーンは低く云った。

「グインは、すべてを見越してたのかもしれねえな。あいつならやりかねねえ。――どちらにせよ、あの時点ではすでに、モンゴールでの反乱の情報は、ケイロニアには入ってたはずだ――ケイロニアには入ってなくても、やつはあのときパロにいた。パロなら、魔道師の情報網があるから、世界で一番情報が早い。パロで、あのヴァレリウス野郎かなんかから、俺より先にモンゴールの反乱の話をきくことだって出来たはずだ――なんたって、この俺に、アムネリスの自殺の情報を教えてくれたのは、グインの側だったんだからな。……そんなことまで、俺より先に知ってんだから、そりゃ、モンゴールの反乱の情報だって、当然早く入っただろう。きゃつは、それをきいてクリスタル・パレスから消えたんじゃねえのか？」

「まさか――こまかな時間をつきあわせてみないとわかりませんが、私には、モンゴールの反乱は、グイン陛下がクリスタル・パレスから消えた、そのあとはじめておおやけになったように思われるのですが」

「おおやけにはな。だがそれをいったら、アムネリスの死んだのだっておおやけになったのはずっとずっとあとだ。それをグインは俺よりずっと早く知ってたわけだ。ということは、もう、その時点で――あるいは、あいつのことだ。アムネリスがああいう死に方をした、ときいたとたんに、じゃあ、それでモンゴールの不満が爆発し、モンゴールに反乱が起こるだろう、と見越していたかもしれねえぞ。だとしたところで——やつならやりかねねえだろう」

「それは……そうかもしれませんが……」

「それで、きゃつは、もうパロのほうは十中八、九始末がすんだとみて、どうやってかわからねえがクリスタルから消え失せたんだ。そうか、わかったぞ！」

「ど、どうなさいましたので」

「もしだが、きゃつがきちんと正しい手順をふんでケイロニアに戻ってから動き出すとしたら、俺がゴーラに戻るほうがはるかに早くなっただろう。きゃつは、俺をパロにつなぎとめて何もわからねえままにさせとくために、失踪してみせたんだ。——ようし、もうすべてがわかってきたぞ。きゃつは、ほかならぬ俺をだまして、クリスタルにそのままくぎづけにしときたかったんだ。そして、そのあいだに、てめえはすかさずノスフェラスにまわって——俺に気付かれないうちに、気付かせないままで、たぶん——」

イシュトヴァーンはことばを切った。自分の想像ではあったが、同時にまた、それは、イシュトヴァーンにとっては、少し辛い想像だったのだ。

「たぶん……モンゴールの反乱をあおり、ノスフェラスとなんらかのかたちで連動して、モンゴールを……モンゴール反乱軍を支援して、俺と……ゴーラとモンゴール軍とのあいだの戦いを勃発させるために……」

「なんでそんなことを、ケイロニア王が」

マルコはまだ、あまり納得できなさそうであった。イシュトヴァーンはくちびるをかみしめた。

「むろん、それは、ゴーラがでかくなりすぎたからだ。きゃつは、次の敵はゴーラだ、と判断したんだ。――そうか、わかったぞ。もうすっかりわかったぞ。きゃつのあやしい行動の秘密はもうすっかり俺にはわかっちまったんだ。もう、きゃつにはだまされねえ。――あのハラスを俺が追いつめたというのはとてつもない、俺にとっては幸運の女神さまのしわざだったんだ。きゃつは――ハラスは、ノスフェラスに逃げようとしていた。そしてハラスの野郎が殺されかけたとたんにノスフェラスから、グインのやつがあらわれた。本当は、グインはノスフェラスでハラスを迎えるつもりだったんだ――そうして、たぶん、ノスフェラスで自分の手兵なり、セムの猿どもかもしれねえが、そいつらと合流して……ハラスのモンゴール反乱軍が新モンゴールをノスフェラスに建国するつもりか、それともそこで力をたくわえ直してあらためてケス河をわたり、攻め込んできてモンゴールを回復するつもりだったのかわからねえが、ともかく、そうやってモンゴールをゴーラから独立させる――モンゴール独立戦争の支援をしようという腹だったんだ。そのために、きゃつは、どこに消えたのかわからねえ、と俺に思わせておいてクリスタルから消えて先にノスフェラスにあらわれる必要があったんだ。——そして、俺をクリスタルにくぎづけにしておいて時間をかせいで、ハラスたちに反乱を起こさせるために。——くそ、そうだ。そうだったんだ」

「しかし——そうかもしれません、そういうことはありうるかもしれないという気もだんだんしてまいりましたが、しかし……」

「しかしもくそもあるか。それ以外に何があるというんだ。——そうか、あんなに騒いでたくせに——いや、だが、本当なら、俺がお前らの前から突然いなくなったりしたら、お前らは腰をぬかし、どんなにか騒ぐだろう。それを思ったら、ケイロニア軍なんて、もっともっと、あの百倍は騒いだっていいはずだったんだ。だがきゃつらは落ち着いていた。きゃつらは最初から、知っていたんだ。グインが、自分は本当はこれこれこういう動きをするために隠密で消えるから、何もわからないといって騒ぎたて、イシュトヴァーンを引き留めておけ、ときゃつらに言い渡して消えたんだ。たぶん、セムとラゴンをモンゴールの味方につけるとかなんとか、そういう、きゃつでなくてはできねえようなあやしい動きをするためにな。そうして、ケイロニア軍は、自分たちもまったくわけがわからねえ、と言い張って、あくまでも、グインが突発事故で消え失せたみたいなことをいって、俺をだまし——時間をかせいだんだ。くそ、ちきしょう」

イシュトヴァーンは激しく、左手のひらを、拳でぶん殴った。

「ドールの手先め。だましやがって。みんなで俺を——俺一人をかついでやがったんだ」

「そ、そうなのでしょうか。そういわれてみますと、そういうこともあるものだろうか、という気がしてまいりますが……」

「拷問してやる」

イシュトヴァーンは荒々しく息を吸い込んだ。

「トーラスに連れ戻って、グインのやつも、あのハラスの若僧もさんざんにぶちのめして、本当のことを吐かせてやる。たとえグインがどれだけ強情をはったって、その豹あたまから、本当の本音を絞りだしてやる。そうせずにおくものか——俺をこけにしやがったんだ。いや、そうじゃない」

イシュトヴァーンの目が、暗い、あやしい瞋恚をたたえて燃え上がった。

「きゃつは……俺の敵にまわったんだ。きゃつにとっては、ゴーラがモンゴール、クムを制圧し、本当の意味でのゴーラ王国をうちたて——そして、そうなって強大になればなるほど、ケイロニアにとっての脅威となる、次に狙われるのはケイロニアだろう、と考えやがったんだ。だから、きゃつは、モンゴールと手をくんで、俺をワナにかけようと——わかった！」

「へ、へい、陛下」

「あのハラスは、俺をここまでおびきよせるおとりだったのかもしれねえぞ。思いのほかに俺が早く追いついちまったから、ハラスが危なくなって、それでグインが出てきてという——俺にはやっぱり幸運の女神様がついてる。そうやって俺は、あぶねえところを救われたが、本当はきゃつは俺をノスフェラスまでハラスにおびきよせさせ、それでノスフェラスで、セムとラゴンの連合軍に俺を打ち取らせようというつもりだったんだ。くそ、やりやがったな」

「それは、しかし、陛下——」

マルコは目を白黒させた。イシュトヴァーンの話をきいていると、それはなんとなく、いかにもありそうなことに思われてくるのだったが、しかし、ちょっと落ち着いて考えると、とうてい不可能ではないか、とも思われてくるのだった。だが、イシュトヴァーンは、激しい勢いで続けた。

「セムとラゴンを動かせるのはきゃつだけだ。どちらにせよ、クムはモンゴールのためには動かねえ。だから、モンゴールのいまの武力なんざ、俺にとっちゃ屁でもねえからな。だがいまの段階ではケイロニアは直接、ゴーラと戦争になるのはまずいと思ってやがるんだろう。だが、ゴーラは叩きたい。というより俺をつぶしたい。だから、きゃつは、おのれの動かせるもうひとつの勢力、セムとラゴンの力を借りようと思ったんだ。ノスフェラスで何かが起こってる、という話があったな。あれはたぶん——セムとラゴンが動いてるんだ。そうやって、このゴーラのイシュトヴァーン王をハメようという、そういうたくらみが行われていたんだ。そうと考えて間違いはねえ」

「ほ、本当だとすればとてつもない陰謀ですが、しかし……」

「しかしもくそもねえ、といってるだろう。――そうなんだ、もうそうと決まったんだ。きゃつは――」

イシュトヴァーンは一瞬、暗く燃え上がる目で宙を凝視した。見るものがみたら、それは、まさに、この男が正気を投げ捨てようとする一瞬だ、といったかもしれない。

「きゃつは、俺の敵になった。それをきゃつは選んだんだ。きゃつは――俺の味方になることをこばんだことはあったけれど、それでも、最終的には俺の敵じゃなかった。俺がつっかかっていっても、さいごには俺を殺さなかった――俺は本気できゃつを敵と考えたことはなかった。だがいまは――いまは違う」

「陛下……」

「このことは誰にもいうな、マルコ。俺も、おもてにも出さん。トーラスに無事に連れて帰り、絶対に逃げられねえ石の地下牢の奥深くきゃつとハラスを閉じこめてから、はじめて、面とむかって叩きつけてやる。きさまは、俺の敵になったんだな。きさまは敵だ、グイン――とな。ああ、そうだ。きゃつは、俺の敵にまわったんだ。死んでも許すもんか――きゃつは、俺の敵になることを選んだんだ」

3

そのような話を、イシュトヴァーンがマルコとひそやかに、臨時の司令部となった天幕の中でしていようとは、グインはむろん、知るすべもない。

彼は、イシュトヴァーンが彼をようやく解放して、天幕のほうにいってしまったことで相当ほっとしていた。記憶を失っていることを悟られぬまま、イシュトヴァーンのほうからは、出来うるかぎりの情報を引き出そうとつとめることは、彼の頭脳をもってしてもきわめて大変なことであった。しかもその上に、イシュトヴァーンのほうはそうと気づきもせずに、ほとんど無尽蔵に近い情報をグインにぶちまけていたので、グインのほうは、それを取り込み、頭のなかに記憶し、整理するためにそれこそ死にものぐるいであった。じっさい、イシュトヴァーンがあまりにも当然にお互いに知っていること、として話していることばのひとつひとつが、グインにとっては、まったく新しい知識であり、耳よりな情報ではあったものの、そのあいだをつないでくれるあちこちの知識が欠けているために、どこがどうつながるのかわからない、そのためにいっそう混乱させられてしまう情報でもあったのだ。

それで、グインは、イシュトヴァーンが行ってしまうと、口には出さぬながらほっとして、彼にあたえられた敷物の上に座り込んだ。すぐかたわらにハラスがやはり敷物をあたえられ、うずくまっていた。かれの部下たちはもうちょっとはなれたところにひとまとめにされていた。もう、周囲がぐるりとゴーラ兵たちに囲まれている上に、武装解除もされているのだから、逃亡しようと試みるおそれはない、と思ったのだろう。兵士たちも、要所要所に歩哨をたてた通常の体制にもどり、ハラスたちの周囲をぎっしりと取り囲んでいる、ということもなくなっていた。むろん、ごく近いところに、ゴーラ兵のすがたはあったが。

グインは、しばらく、イシュトヴァーンのもらしたあれやこれやについてしきりと考えをめぐらせていた。そして、覚えなくてはいけないと思われたこと——リンダについてイシュトヴァーンがいったことだの、彼にはよくわからない《竜の歯部隊》というもののことだの、また、イシュトヴァーンがしきりと恨んでいた『クリスタル・パレスで俺を置き去りにした』ということを強引に頭にたたき込んだ。もっとも、このさいごのことに関していうと、彼には、このことばはまったく何のことか、意味をなしてはいなかったのだが。

それから、彼は、なにげなくちょっと敷物を、下の木の根っこが尻にあたって痛くてたまらないのでずらさなくては、というようなことをぶつぶついいながら、ハラスのほうにずらした。それからまた、ここにも下に石があるぞ、などというようなことをぶつぶついいながら、敷物をずらして、だいぶんハラスに近づいていった。歩哨のほうを見やると、歩哨は最初グインが動いたとき、びくっとしてそちらを見やったが、グインが敷物をただ単に今夜のおのれの居心地をもっとよくするためにそうしてずらしているだけのようだ、と見て取ると安心したらしく、もうこちらには注意をそれほど向けなかった。

それでもグインは少しのあいだ待っていた。それから、低く声をかけた。

「ハラス。ハラス」

「あ」

ハラスは、やはりグインが見込んだとおりに相当に鋭敏な若者であるようだった。突然声をかけられても、驚くようすもなく、歩哨がふりかえらぬようごくごく低い声で答えた。

「はい。グイン陛下」

「大丈夫か。気分はどうだ」

「私はなんともありません。もう死も覚悟しておりますし。たとえどんな拷問を受けても平気です。いったん死ぬと決めてしまえば何も怖くありません」

ハラスもグインも唇をほとんど動かさずに、きこえるかきこえないくらいの声でささやきあっていたので、かなり近くにこなければ、二人が会話をしているとはわからなかっただろう。それに、あたりは、今夜の泊まりの準備をする兵士たちの喧騒、馬のいななき、そして、ぱちぱちと焚き火のはぜる音や、隊長たちの命令する声などでとてもにぎやかだった。それに、梢をわたる風のざわめきや、はるか彼方からきこえてくる、風にのって吠えているらしい獣のぶきみな声や夜鳴き鳥の鳴き声などまでいりまじって、とても、ルードの夜は静かとは云えなかったのだ。

「まだ死ぬとそこまで決めたものでもない。――ましてその若さで、意味もなく死ぬこともあるまい。ハラス」

「………」

グインのことばに、ハラスはあまりはっきりと態度ででも反応して歩哨の注意をひいてしまうことを警戒しているらしく、かすかな笑顔だけをそっと見せた。グインはちょっと考えていたが、また低く云った。

「俺は、逃げる」

「え」

一瞬、ハラスはどきりとしたようだったが、それでも大声を出したりするようなへまはしなかった。一瞬後には、落ち着いて答えた。

「それはぜひそうなさって下さい。陛下ならば、たとえ追手がかかっても切り抜けられましょう、それに、ゴーラの悪魔もとても無慈悲に切り倒しは出来ますまい。私ごときをお助け下さるために世界の英雄がいのちをおとしたとあっては、わたくしが末代まで浮かばれません。ぜひ、お逃げ下さい」

「だが、一人では困るのだ。ちょっと事情があってな」

グインはまた唇を動かさずに答えた。

「ハラス。お前を助けてやるから、一緒に逃げてくれんか」

「なんですって」

こんどはハラスはちょっと動揺して答えた。だが、やはり声は大きくしようとはしなかった。

「しかし、それは――私など、腕もたちませんし、足手まといです。かえって陛下おひとりのほうが」

「かもしれんが――お前は、部下たちをおいて逃げるわけにはゆかぬ、というほど、感傷的なばかものか？」

「感傷的な馬鹿だとは思いませんが、私が逃亡した場合には、部下たちは酷い目にあわされるだろうとは思って心配です」

「そうか」

グインはまたじっと何か考えこんで、しばらく黙り込んでいた。ハラスは、グインの思惟をさまたげないよう、じっと静かにしていた。

そうしているあいだにも、ルードの森はすっかり夜がおりてきていた。誰もがおそれる——屈強な男でもおそれるルードの夜だ。もっとも、屈強な男の数人であったら、おそれるだけのことはあったかもしれないが、さすがに数千人の軍隊が寄り集まっているとなれば、それほどに危険を感じることはなかった。ただ、やはり、ぶきみであることには何の違いもなく、ゴーラ兵たちは、おのれの属しているかがり火の周囲のごくごくわずかなぬくもりと明るさだけが、たったひとつの砦であるように、ちょっとでもそこからはなれぬようにしようと気を付けていた。

それはまったく当然な警戒であった。ひとりで群からはなれれば、ただちに森の奥深くに引きずり込んでしまおうと、虎視眈々と狙っているかのようなぶきみな真っ赤な目や、黄色く光る何の目かわからぬ目、いかにも妖怪然とした青い鬼火のようなものなどが、ゆらゆらと、ルードの森の木々をすかして見えていたからである。たくさんの、えたいのしれぬ影のようなものが、木々のあいだにゆらゆらとわだかまっているように見えて、ゴーラの兵士たちをおびやかした。名高いルードの辺境の夜は、グインがはじめて姿をあらわしたそのときと、少しも変わってはいないようであった。

「俺は……ここにきたことがあるような気がする……」

グインは低くつぶやいた。

「そして、誰かに会った。――おそろしく昔のような気がするが、あれはいつだっただろうか。なんだか、紫色の、暁のスミレ色の瞳が目にうかぶ――それに、銀色の、夜明けの空のような髪。……勇敢で――そうだ、勇敢で気位高い――誇り高い……輝く瞳。俺はいったい、何を思い出しているのだろう……」

ハラスは、グインがひとりごとをいっている、と信じていたので、何も返答をしなかった。

木々の彼方では、かすかにぶきみな夜鳴き鳥の声がしはじめていた。もっと深夜になれば、グールが鳴き始めるだろう。それが鳴きはじめると、ひとりで動き回っているところに森の奥にひきこまれて食われてしまうといわれているのだ。

「俺はこの森を知っている気がするのだが――だが知らぬことははっきりしている」

グインは低くつぶやいた。

「ハラス。きこえるか」

「はい、陛下。聞こえます」

「おぬしはこの森をこえてケス河まできたのだろう。女連れ、負傷者連れで何日くらいこの死霊の森を徘徊していたのだ?」

「数人、辺境生まれの者がおりましたので」

ハラスは答えた。

「それほど道に迷うおそれもなく、死霊どもやグールどもにさまたげられることもなくケス河まで辿り着くことができたのですが——辺境生まれの者というのは、ルードの森の地理を知っているわけではないのですが、どうやってこの深い森を、方向を見失わずに歩くかとか、どういうきざしがグールのあらわれるきざしなので、そうしたらどうやってよければよいかとか、そういうことをよく知っております。でなければ、かよわい女子供を連れて、血のにおいのする負傷者をつれて、とうてい無理な旅でしたでしょう。しかし、辺境で生まれ育った者数人が道案内にたってくれていましたので、それでも何人か途中でグールにさらわれたりしつつも、すべてはケス河にたどりつくまで、と——しかし進む速度はとても遅かったので、そうでございますね、トーラスを落ち延びてから、ケス河にたどりつくまでに、十日ではきかないくらいかかってしまったでしょう。それで、追いつかれてしまったのです。屈強の男たちなら六日で抜けられる距離だし、馬で、このようにして切り開きながらなら、その切り開く手間がありますが、人海戦術でやっているのでしょうから、私たちの倍の早さで動けるでしょう。いや、三倍かもしれません」

「ということは、どれほど早く動いたとしても、あと三、四日はこの深いぶきみな森のなかで夜をあかさなくてはならぬ、ということだな」

グインはつぶやいた。ハラスはそっと頭をめぐらして、歩哨ににらまれていないのを確かめてから、グインを見つめた。

「あまり、トーラスが近くなってきて、ルードの森を出てくると見晴らしもよくなりますし進むのも早くなります。お逃げになるなら早いうちです。とはいうもののルードの森には、あまりにたくさんの死霊、グール、野獣、毒蛇だの、肉食の小型の猛獣だの野犬だのがおりますので……おひとりでというのは確かに心配ですが——逆にしかし、陛下ほどの英雄であれば、私ごときがお供したらかえって足手まといになるかと存じますし……」

「トーラスとやらにゆく気はないのだ」

グインはそっと云った。

「というより、なるべく早くこの虜囚の状態から脱出したい。だが、確かにこの森はなかなか面倒そうだな。まあ、とりあえず、今夜一晩くらいは、やすんで体力をたくわえておいてもいいが——しかし、おぬしは、部下たちをおいて俺と逃亡するというのは気が進まないのだな」

「進むも進まないもございませんが——おのれのいのちを惜しんだ、と思われては勇敢な部下たちに対して名折れだとは思います。でももう、陛下にお助けいただいた時点で一度すでにないものと思っているいのちでございますから——いまさら、不名誉うんぬんを思ったところで……もしも陛下が、このような若輩ものであれ、御一緒させていただくほうがよろしいと思っていただけるのなら、御一緒させていただきます。陛下にはお助けいただきましたので、少しでも、ご恩返しをしませんと」

「固い男だな。まだ十九歳だというのに」

グインはうすく笑った。

「まあいい。ともかく、もうちょっと考えてみよう。ルードの森というのも、だいぶん広そうだから、どこでどう逃げるかによってだいぶようすが変わってくるだろう。あまり早く逃げると森のなかをあまりに長いことほっつき歩くことになって危険が大きすぎるだろうし、といってトーラスに近づきすぎると、森のなかだからこそある強み、すぐに身を隠してしまえるという強みがなくなってしまう。そのころあいをはかるのが難しそうだな」

「わたくしはもう、陛下のお命じになるままに――御一緒に逃げるといわずとも、部下たちともども、囮になって陛下が無事にお逃げになるためのえさにでも、捨て石にでもなんでも身を捧げます。なんでもおっしゃっていただければ」

「わかった」

グインは短く云った。そしてそのまま、楽なように態勢をかえて、うずくまった。

そのとき、ゴーラ兵たちの一団が近づいてきた。

「飯だ」

ぶっきらぼうに、一人が云って、ハラスの前に、皿をおいた。その皿の上には、携帯していた食料であるらしい、干し果実と固いパンと、それをひたして食べるためのうすいスープが入った鉄のわんとが置かれていた。同じものが、ハラスの仲間たちにも配られた。

「陛下は、おそれながら、イシュトヴァーン陛下の天幕におこし下さってお食事をともになさっていただきたい、ということでございます」

まったく態度をあらためて、かしらだった騎士が云った。グインは一瞬、ためらうような表情をみせたが、黙って立ち上がった。

ずっと、しめった地面の上に敷物を一枚だけしいて、その上にうずくまっていたからだがぎしぎしと痛んだ。その上に、ずっと馬に乗ってこの深い森のなかを歩いていたのだ。グインは、からだをのばせることにむしろほっとして、歩いていった。

天幕の前は少し広く木々が切り倒され、切り倒した木で垣根が築かれて、その前の空き地にあかあかとかがり火が燃えていた。そして、そのかがり火で、剣につきさしたあぶり肉があぶられていた。あたりにはよいかおりがたちこめ、そして、革の長い上着に着替えたイシュトヴァーンが、鞘ごとの剣を杖のようについて、かがり火の前に、天幕の入口をうしろにして立っていた。そのけわしいおもては、かがり火の炎にあかあかと照らされていた。煙のにおいが肉の焼けるにおいといりまじり、そこにさらに、深い森のにおい、馬のにおい、革のにおい、などがいりまじる。かすかに血のにおいと、湿った土のにおいも混じっていた。

「よう」

イシュトヴァーンが、目を細めて云った。さきほど、話をしていたときと、それほど変わった様子は見られなかったが、グインの目は一瞬かすかにまたたいた。だが、彼は何も云わなかった。

「一緒に飯を食おうぜ」

イシュトヴァーンが陽気を装ったような声でいった。

「兵士どもにはすまねえが、俺はちょっと力をつけなきゃならねえから、酒も飲るよ。あんたもちょっと飲むだろう、グイン」

「いや、俺は酒は」

「何いってんだ。あれほど、飲める口じゃねえか。第一、あんなにたくさん一緒に旅したあいだに、さんざん飲んだじゃねえか。ゾルーディアから逃げ出したあの深い山の中の宿場町の居酒屋でも、最初にサイロンに入ってきたときのあのおやじの宿屋でもさ。ほかにも数えきれねえくらい一緒に飲んだじゃねえか。いまさら酒は飲まないなんて、そんなことを云ったところではじまらねえだろう」

「いや……こういうところでは。それに、状況も状況だし、どうもあまり飲む気にはならんな」

「状況って、俺が、あんたを、俺の捕虜なんだ、といったことかい。それは、気にすることたあねえさ。——トーラスに戻ったら、無事に金蠍宮に入ったらあんたは俺の賓客だ。俺がちゃんともてなしてやるよ。ちゃんとな」

云って、イシュトヴァーンはかすかに病的なくすくす笑いをした。グインは目を細めてそのイシュトヴァーンのようすを見つめていた。

彼のするどい目には、イシュトヴァーンのなかに起きた、さきほどといまとの微妙な変化が素早く感じ取られていた。それが、どのような心境の変化によるものか、というようなことはむろんわからなかったのだが、しかし、何がなし、イシュトヴァーンの態度が変わった——そして、その理由はおそらく、このそれほど長くもない時間のあいだに考えたことによるようだ、ということは、ちゃんと見てとられていたのだ。彼のほうも彼のほうで、イシュトヴァーンから得たさまざまな情報を、とりあえずたたき込んで、よほど最初よりは事情が飲み込めるようになっていた。だが、それは所詮、彼が実際に経験したり、そのたびに記憶に入れていったものではなかったので、彼にとっては、ただのことばの知識にすぎないものでしかなかったのだが。

「あいかわらずあんたはだんまりかい、グイン」

イシュトヴァーンはなんとなく神経的に笑いながら云った。そして、無理やりグインの手に椀をもたせ、そこに火酒を注いだ。

「まあ、いいじゃねえか。あんただって長いしんどい一日ですっかり疲れただろう。それに旧友再会なんだ、乾杯くらいしようぜ。――大丈夫だよ、あんたを、ケイロニア王ともあろうものを、他のとりこどもみたいに地べたに座らせておくわけにもゆかねえ。ちゃんと、俺の天幕に入れて、今夜は屋根のある、ちゃんとふかふかした寝床で寝かせてやるつもりだよ。俺の天幕は広いからな。――俺のベッドで一緒に寝かせてやるというわけには、ちとゆかねえかもしれないが、まあ、それはあんただってごめんだろう。いまでも俺は覚えてるが」

イシュトヴァーンは瞑想的にいった。

「そういえば、あの北への旅――か、北から帰ってくる旅だったか、サイロンゆきのときか、どっちか忘れたが、あのお喋りのマリウス野郎がいたときさ。あのときにゃ、俺は、あんたがルブリウスの男で、あのマリウスをこっそり抱いてたんじゃねえかと――だから、あのかんにさわる野郎を追っ払おうと俺が提案してもちっともきかなかったんじゃねえのかとしきりとかんぐってたもんだぜ。俺もあんときにゃ、いまよりはずいぶん若かったし、つらにも自信があったからさ、もしあんたがルブリウスの男なら、俺にも手を出してくるんだろうかと気が気じゃなかったものさ。むろんそうじゃなかったたんだが――あれから、ずいぶん、いろんなことがあったもんだよな、グイン」

「――ああ」

グインは答えた。そしてゆっくりと、気を付けて火酒をすすった。

そのようすを、イシュトヴァーンはじっと目を細めて見つめていた。そして、自分も、杯に注いだたっぷりの火酒を啜った。もっともグインほど少しづつではなく、まるでのどに放り込むように、ぐいと飲んだのだった。

「あんただって、覚えているだろう。――あんたとは、本当に古いつきあいなんだよな。こうやってあらためて、はじめてあんたと会ったルードの森――ったって、本当はルードの森じゃなくて、スタフォロスの砦のなかだったわけだが、ここからほど近いからな。そしてあんたはあのリンダとレムスのパロの双生児を拾ったのがこのルードの森だったんだから――きゃつらがモンゴール兵どもに追いかけられているのを助けてさ。いまと、なんだか似た状況かもしれないが、皮肉なもんだな。こんどは、追いかけられてるのがモンゴールのやつらで、追っかけて、そしてとっつかまえたのが、あのときただの傭兵だったこの俺の部下のゴーラ軍というわけだからな」

「……」

「腹は減ってないか？　まあもうちょっと待てよ。塩漬けのブタ肉が焼けるからな。どうだ、いいにおいじゃねえか」

「ああ」

「じっさい、あのときにゃ――驚いたね。いったい、あれは何年前のことになるんだろう？　スタフォロスの城のなかでさ、俺がはじめてあんたを見たあの瞬間のことさ。あのときのこたあ、いまだって俺はまざまざとすべてをまるできのうみたいに覚えてるぜ。――いったい、こりゃあ、どういう化物だ、そう思ったね。悪いけど。――あのとき、俺はスタフォロスの砦でわるさをして、営倉ってわけで牢獄に放り込まれていて、となりにあんたが放り込まれてきてさ。それを、そっとのぞいて見たときにゃ、なんだかまるで神話の世界に放り込まれたような気がしたものさ。うわあ、シレノスだ、これは本物のシレノスだ、そう思ったよ。あのときのことはいまでも忘れねえ」

「……………」

「どうした、もっとぐーっといけよ。ひと息に干してしまえよ。疲れがとれるぜ。それによく寝られるぜ。――大丈夫だよ、毒なんか入れちゃいねえから。ほら、俺だってこうして飲んでいるんだ」

「いや、そんなことは思ってはおらんが」

「じっさい、あれはすごくすごく昔のような気がするけどなあ、考えてみたら、それほどすごい昔ってわけでもねえ、まだあれから十年はたっちゃあいねえんだよな。そう思うとたまげちまうね。おたがいの運命の変転ってやつにさ。――だってそうだろう。あのとき——あんたは知ってたかどうか知らねえが、俺はあのリンダっ娘とちょこっといいことしてさ。三年、待っててくれたら、必ず王になってみせる、って——王になって、パロの王女を嫁にもらえる立場になって、お前を迎えにゆくから、ってあの蜃気楼の草原で誓ったんだぜ。俺もいい加減、甘えよな。——あれは、アルゴスだったなあ」

「……………」

「それは、知らなかっただろう？　なんぼ地獄耳のグインでもさ。だけどあの浮気女は三年どころか、二年も待っちゃくれなかったな。パロがおさまって、諸般もとにもどるやいなや、ナリスさま——あ、いや、クリスタル公アルド・ナリスと婚約して、すぐ結婚しちまったものな。べつだん、そのときにはもう、俺のほうだって、アムネリスとどうこうなりかけてはいたけどな」

「……………」

「そのころにゃ、あんたもそろそろケイロニアで出世しはじめてたし。——じっさいなあ、あのとき、スタフォロス城を脱出して、ケス河を泳ぎわたって、ノスフェラスをさまよってさんざんモンゴール軍に追いかけられてあやうかった四人のうち、三人までが王になっちまったなんてさ。——世にもふしぎなヤーンのいたずらじゃあねえかい。俺、〈紅の傭兵〉イシュトヴァーンはいまやゴーラ王イシュトヴァーン陛下。そして謎の豹頭の風来坊グインはケイロニアの豹頭王。そしてあのレムスのちびが——おっと、あいつはパロ国王は退位させられたんだったな。おお、だが、確かきくところじゃ、リンダがパロ女王の座に正式に即位したという。だったらやっぱり、四人のうち三人どころか、あのときノスフェラスをさまよってた俺たち四人は全員が全員、頭に王冠をのっけたことになった、てわけだ。とんでもねえめぐりあわせだよなあ。なあ、グイン」

4

お祭しのとおり——

これこそは、グインにとってはかっこうの、願ってもない情報源であった。それで、グインはそれこそ耳をそばだて、一言半句も聞き漏らすまいとしながら、じっと耳をかたむけていた。イシュトヴァーンは、べつだんグインのようすには注意を払わなかった。彼はそろそろ、ここちよくまわってくる火酒の酔いに気を取られはじめていたのだった。

「まあ、だから、あれはノスフェラスの呪いだったかもしれないし——どうだ、あんたは、ノスフェラスからあらわれた。あんたはあのとき、確か、あのドードーってでかいのをやっつけた功績だったかなんかで、ノスフェラスの王と認められたんだよな、あの猿どもと巨人どもに。いや、あれは、ドードーをやっつけたからじゃあなかったのかな。ともかく、なんだかわからねえが、あんたはノスフェラスの王と自称することを許されてた。いまでも、あんたは、ノスフェラスの王でもあるんだろう？　え？」

「——ああ。まあ、それはそうだろう」

グインは注意深く答えた。イシュトヴァーンは目を細めてグインをみた。

「ああもうここはけむくてたまらねえや。それに、立ってるのが面倒くさくなってきたからな。さあ、天幕に入って、そろそろ焼けたから肉を食おうぜ。肉があれば、いちだんと酒がうまいからなあ。酒があれば、肉もひときわはえるってものさ。そうだろう。肉と酒、こいつがありゃあな。あとは何にもいらねえよ。俺はいつだってそう思うんだ」

「……………」

イシュトヴァーンは、グインがあまりはかばかしく答えないこともう、あまり気にならなくなったように、小姓に天幕の入口の垂れ幕をまくりあげさせ、先にたって入っていった。中にいてあちこちを片付けていたマルコがはっとしたようにイシュトヴァーンを見上げた。

「大丈夫だ。心配すんな、俺はケイロニア王グイン陛下とこんころもちよく飲んでるとこだ」

イシュトヴァーンは云って、片目をつぶってみせた。マルコは黙ってうなづいた。

「さあ、グイン、この床几は小さすぎてあんたみたいに大柄なやつにはけつが痛くなるだろう。第一、この床几じゃあ、あんたの尻が乗りゃあしないよ。こっちにふかふかに毛皮をしいてあるから、この上に座りな。俺もそうする」

「ああ。すまんな」
「なあに――他人行儀なことを云いなさんな。腹が減ってでもいるかのように指をならした。陣中の
イシュトヴァーンはまるでおそろしく腹が減ってでもいるかのように指をならした。陣中の
小姓が、銀の盆にうずたかく積み上げた、焼いた塩づけのブタ肉を運んできた。陣中の

「ああ。すまんな」

「なあに――他人行儀なことを云いなさんな。おお、肉がきたぞ」

イシュトヴァーンはまるでおそろしく腹が減ってでもいるかのように指をならした。陣中の小姓が、銀の盆にうずたかく積み上げた、焼いた塩づけのブタ肉を運んできた。干し果物の何種類かがあるだけだった。それぞれの前に地面にじかに皿がおかれ、低い組み立て式のテーブルの上にじゅうじゅうと音をたてて焼けている、湯気とうまそうなにおいをたてている塩漬けブタ肉とパンがおかれた。そのむこうに干し果実と、指をふくための濡らしてしぼった布がおかれた。

「さあ、やろうぜ。こいつでぐいっと強い強い火酒をやるのが、これがまたたまらねえんだ。俺にとっちゃ、郷愁の味ってのかね。これを、山賊稼業をやってるときにゃ、よくやったもんさ。塩ブタを盗んできてな。そのまんま、切らないで焼くんだ。なかまで柔らかくなるようにうんと時間かけてな。それを、それぞれの剣で切り取ってはパンにはさんで、パンを持ち手がわりにしてそのまんま食うのさ。贅沢がいえるときには、どっかで香草をつんでこさせて、それを一緒にはさんで食ったね。ときには塩ブタじゃなくて、てめえらでとった山ウサギだの、ひどいときはイタチだの山犬《プーリー》だのの肉のときもあったがね。だが、腹が減ってて、おまけに若かったから、なんでも食えたね。どん

なものでもね。人間だって、食ってしまいかねねえくらいだったからなあ。あのころは」

「……」

「だがそのあと、俺はゴーラ王になって、その気になれば山海の珍味を並べることもできる。また事実そうしてる。だけど、ちっとも、うまいと思わないね。なんだかね。いまだに、戻れるものなら赤い街道の盗賊に戻りたい、とそう思うよ。それよりもっと戻れるなら、レントの海の海賊に」

「海賊に、か」

「ああ、海賊とは名ばかりのガキどものおいたみたいなものだったかもしれねえけどな。だが、楽しかったよ。なんだか、俺はさあ、グイン、人生というのは、若ければ若いときほど、昔なら昔ほどよかったような気がしてならねえんだよ。年をとればとるほど、どんどんしんどいことや辛いことばかりが増えてくるような気がして。——赤い街道の盗賊やってたころは、そりゃあのアリの野郎とかに悩まされたりはしてたけど、それもささいなことで、ずっと楽しいことばかりだったような気がするよ。それよりもっと前、あんたと傭兵やって一緒にゾルーディアだの、サイロンだのってのし歩いてたころも、あのおかま野郎のマリウスがウザかったけれど、それでも楽しかったぜ。ほら、いろんなことがあったじゃねえか。あの化物の人食い女どもの村に迷い込んじまったときとかさ。あの氷漬けのべっぴんの化物のこととか」

「……ああ」

グインは、ああともううともおおともつかぬ声を出し、急いで火酒をすすった。イシュトヴァーンは満足そうに火酒をついだ。

「まあ、いいから飲めよ。せっかく旧友どうしが——王さまだなんだ、っていうことに邪魔されねえ状態で、のんびりとこうして酒をひと夜、酌み交わして昔の思い出話にふけってるんだからな。もしあんたが、本気で酒をやめてたにしてたところで、今夜だけは特別ってもんだよ。本当に」

「——まあ、そうかもしれんな」

「そうだともさ。——なあ、あんたはそう考えたことはないのかい。昔はよかった、昔ほど楽しかった、って」

「さあ、俺はそう考えたことはないようだ。というより、それほど、昔、というものが存在していないように思われるのでな」

これはグインにしてみればなかなかの皮肉ないいぐさだったが、むろんのこと、事情を知らないイシュトヴァーンには理解しようもなかった。額面どおりにうけとった彼は、ちょっと肩をすくめた。

「まあ、あんたはそういうやつだからな。だけど俺は——なあ、俺は、なんだかさあ、もうすごく……本当の年齢より、年をくっちまったような、なんか、まだまだ若いはずなのにさ――だってそうだろう、俺はまだ二十九になるならずなんだぜ。本当をいったらまだまだ若造の年だろう。だのに、なんだか、このごろ、俺は、自分がひどく年をとっちまった、っていう気がしてしかたねえのさ。なんだか、まるで……」

イシュトヴァーンはちょっとくちびるをかんだ。そして、ひと息にぐっと火酒をのみ、またいそいで、のどがかわいてでもいるかのようについだ。

「なんだかまるで、もう長くねえじじいになったような気がしてさ――からだのほうは、もとどおりなのに、気が浮かなくてしょうがねえってのかな……なあ、グイン。どうしたらいいと思う――って、あんたにこんなことを相談すること自体が間違ってるんだろうが、俺――」

イシュトヴァーンはくちびるをなめた。それから、ひと息に、胸につかえていたものを吐き出すように云った。

「俺、ガキがいるんだぜ！」

「……………」

グインは、じっとイシュトヴァーンを見つめた。

イシュトヴァーンは、その視線をどう解釈したのか、むっとしたように肩をそびやかした。

「ああ、そうさ。あんただって知ってんだろう。それとも知らねえか？　もう、ノスフェラスの砂漠の中にこもっちまって、中原の情報は入ってこなかったのか？　だったら云うけどさ——アムネリスが死んだのはあんたが教えてくれたんだから、知ってんだろう。俺の女房のアムネリスがさ。もとモンゴール大公のアムネリス大公さまがさ。ガキを生んで——俺が、クリスタルにいて、あんたがいなくなったのどうのって騒いでるあいだに——じゃあねえ、あの話はあんたが教えてくれたんだから、そんときゃあんたはまだいたんだな。とにかく、ガキを生んで自殺しやがった。俺にはガキが残された——男のガキだ。赤ん坊だよ。これが俺は……」

ちょっと、ぶるっとイシュトヴァーンは身をふるわせ、大急ぎで酒を干した。グインはとがめた。

「ちょっと、酒の飲み方が、早すぎるのではないか？　そんな勢いで飲んだら体に悪いのではないか？」

「ほっとけよ、グイン、ほっとけよ。大丈夫だよ、まだなんぼでも持ってこさせてるから。俺はとにかくどこへゆくにも、百人の輸送部隊をおごってでも、酒だけは絶対切らさねえようにするんだ。むろん、いった先々でも買うけどな、やっぱり一番好きなのはてめえの好きな火酒だからさ」

イシュトヴァーンはグインのことばにまるで反発するかのようにまた一杯ついで、こんどはさすがにひと息ではなく、ちょっとすった。それから、ふーっと息をついた。

「あんたにはむろんガキはいねえ。だが女房はいる――だから、あんたにだって俺の気持ちはちょっとわかるだろう。それとも、わからねえか？　女房がいるってだけなのと、子供がいるってのは違うのかな」

「女房、だと」

グインは、どうにもおさえることができなかった。おのれの声がふるえているのが、グインにさえわかった。

「女房、といったのか」

「そうだよ。女房っていったら下品な言い方だったか？　奥方様、とか王妃様、っていうべきだったのか？　どう呼んだところで、結局のところシルヴィアっていう女房がいる、ってことには違いないだろう」

「シルヴィア」

ゆっくりとグインはつぶやくようにいった。

「ザザがなにやら妙なことをほのめかしていたと思ったが――シルヴィア。ケイロニア皇女シルヴィア、とザザは――そうか！」

「なんだよ、どうしたんだよ」

イシュトヴァーンはけげんそうにきいた。グインは息をのんだ。

（ケイロニア皇女シルヴィア。それが俺の妻――そうか！　だから、ケイロニア皇帝アキレウスは俺の義父ということになるのか……そして俺はケイロニア王……なぜ、皇帝のおさめる帝国に王がいるのかわからぬが、何か理由があって称号として与えられたのだとすれば――俺は……俺には妻がいて……リンダ、ではないのか。リンダ、では――）

「なんだよ。里心がついちまったのか？　あんた、じっさい、様子が変だぜ。シルヴィアってきいたとたんに、なんだってそんなに動揺するんだよ？」

ちょっと嬉しそうにイシュトヴァーンはいった。

「なあ、あんた、もしかして、あのやせっぽちの奥さんと、折り合いがあんまりよくねえのか？――というか、俺は以前から、どんな女だってよりどりみどりのあんたとしたことが、どうしてああいう変わった女を――キタイまで助けにゆくほど思い込んで女房にしたのかと思ってたんだけどさ。およそ、あんたの嫁さんとは思えないじゃねえか？　まあ、俺は直接知ってるわけじゃなくて、肖像画だの話だのでしか知らねえから、失礼なことをいってるのかもしれねえけどさ」

「……」

「なんだよ、怒ったのかよ。悪かったよ、まあ、いいやな、女の趣味なんざあ、それこそ個人の勝手だ」

「……」

「気を悪くしたんだったらあやまるよ。だが、そんなに惚れ込んで結婚したってわけじゃねえんだろ？　ケイロニア皇帝の息子の地位が目当てで結婚するようなあんただとも思わねえが——だが、それも魅力は魅力だっただろ？　そうなんだろ？」

「俺は……」

グインは息が苦しいかのように、深く息を吸い込んだ。

「俺は……」

「ああ、まあ、いいってことよ、飲めよ。飲んで、たまには男どうし率直に語り合おうじゃねえか。俺にはそれが必要なんだ。——というか、俺は……俺だってあんたに四の五のいえたもんじゃねえ。俺の女房は自分で胸を刺してくたばっちまったし、それを俺のせいだとさいごまでうらみごとをいってやがったみたいだし、あげくのはてに、残した子供にドリアン——悪魔の子、なんていうひでえ名前をつけやがった。その子供を、いったい俺はどうしたらいいんだか——まあ、いまはそれこそイシュタールでカメロンが面倒をみてるさ。だが——」

イシュトヴァーンは吐き捨てるように云った。

「俺の子だ、なんて思えねえ。可愛い、なんてこれっぽっちも——なんか不気味な虫みたいだ。俺はどうしたらいいんだろうな。だが、あいつが生まれたおかげで皮肉にも、俺は将来のモンゴール大公の父親ってことで――モンゴール反乱軍を征討する正当な理由もできたってわけなんだ。というか、実をいうと、もう――ドリアンはモンゴール大公に即位することに決めちまったんだ」

「まだ、赤ん坊なのだろう」

「赤ん坊も赤ん坊、生まれて四ヶ月くらいのとこさ。だけど、そんなのは関係ねえ。俺は――」

こんどはイシュトヴァーンが口ごもった。

「俺は……」

ふいに、またぐっと酒をあおり、全然違うことをいった。

「やっぱり、あのころが一番楽しかったな。なあ、グイン、俺たちの、人生の一番美しかったときって、もう終わっちまったんだろうか？　これから先は、じじいになって、いやなことばかり増えていって――そうして、つらいことばかりになるんだろうか？　あんたもそういう気がするか？　それともそれは俺だけか？」

「俺はべつだん、人生というものがもともと美しいと思ったこともないし――そんなことばは、俺にはあまりにもそぐわぬと思うしな。それに、いやなことも辛いことも――いつでもありすぎるほどあるし、確かにいまもあると思うが、だからといってそれが世の中というものなのだろうと思うだけなのだが」

「まあ、な。確かにな。あんたは、豹だからさ」

イシュトヴァーンは云った。そして、かなり酔ってきたようすでグインの分厚い肩を叩いた。

「俺は、あんたをずっと親友だと思ってたよ。マブダチだと思ってたさ。あんたは、そうじゃねえのか？　あんたは、俺のことを、好きじゃねえのか？」

「好きだの嫌いだのということは考えたこともない」

グインは慎重にことばを選びながら云った。

「だが確かに……友――」

「云うなよ。あんたは前にいったことがある。さらば、わが友イシュトヴァーン、とな。それで俺は答えた。ああ、わが友グイン、次に会うときは、わが敵グイン、だな、って。あれももう――ずいぶんと前のことになるねえ！　本当になんだか、百年もたってしまったような気がする」

「……………」

「だけど、それからあとも、俺とあんたは、戦いもしたし、助けてくれもしたし、同盟軍も組んだこともあったし、それに――まあ、とりあえず、マルガじゃあ、あんたが俺をやっつけたさ。俺があんたをやっつけたことはまだなかったが、今回のは、これは、まあそうといってもいいのかな。俺があんたをとりこにしたんだからな。むろん、そんなのは自慢にもなんにもならねえ。こんな大勢でひとりをとりこめたなんてのはな。だがそれをいったら、あのマルガでの戦いだって――俺とあんたは一騎打ちをしたが、それで……いろんなわだかまりもとけてさ。俺は思ったよ。やっぱり旧友っていうのはいいもんだ、ってな。何をいっても、敵同士だと思っていても、やっぱりわかりあえる。何かが通じ合える。――だから、あんたと最初にスタフォロス城で出会ってからあんなにいろんなことがあったけれど、そしていろいろなことがあってさ――数えきれねえほど、本当に数えきれねえほど……」

イシュトヴァーンはこみあげてくるものをこらえるように首をふった。

「俺があんたに土下座したあの丘を覚えているか。サイロンの郊外のあの丘だよ。――俺はあんたに力を貸してくれ、って頼んだ。そしたら、あんたは、断った。俺は、あのときのことは一生忘れねえ！　と誓ったよ。だから、いまだに俺はあのとき、どんな風が吹いてたか、までまざまざと覚えてる。――それにきっとあのマルガでの一騎打ちも一生忘れることはできねえだろう。それに……それに――」

「……」

「あんたと肩を並べて戦うのはこれがはじめてだな、グイン！」

イシュトヴァーンは云った。グインは顔をあげた。

イシュトヴァーンはグインを見つめた。

「俺がこのことばを、どこで云ったか覚えてるか。いつ、だれと戦うときに云ったか覚えてるか？　薄情なあんたのことだ、きっと忘れてるんだろうな。俺のいったことなんかさ」

「いや――すまぬが、ちょっと……」

「覚えてねえ、か、やっぱり。俺にしてみたら、とてもあれは――記念すべきことだったのにさ！　あれは、モンゴール軍あいての戦いだったよ。スタフォロス城から、ケス河を渡ってノスフェラスに逃げてさ。あのパロのふたご、リンダとレムスを連れて、公女将軍アムネリスの軍勢に追っかけられて、くそ暑い砂漠を逃げ回って。とっつかまったり、逃げ出したり――そして、あの――あの――」

イシュトヴァーンはぐっと息をつめた。それから、ひと息にいった。

「あんたは忘れてしまったかもしれねえ。だけど俺は覚えてるんだ。あの――あのハラスって小僧は、マルス伯爵のいとこなんだぞ。ということは――マルス老伯爵の……あんたが俺にハメさせ、焼き殺させたマルス老伯爵の甥っ子なんだぞ！」

「……………」

「くそ落ち着きに落ち着きやがって」

おのれのことばが予期したような衝撃を与えられなかった、と感じたのだろう。イシュトヴァーンは、不服そうにくちびるをかんだ。それから云った。

「わかったよ。あんたは、もう知ってたんだな。そんなことはとっくに」

「……」

「まあ、そりゃそうだろうな。あんたのことだ——そんなことも知らねえで手だしするわけがねえ。……いや、あのガキがちょっとばかり可愛い顔をしてるからってあんたがルブリウスの病をだしてあいつを庇ったなんて思ってるわけじゃねえよ。あんたがそうじゃねえってことは知ってるって、俺は何回も云ってるだろう」

「お前が何をいってるんだか、俺にはわからん」

「ああ、ああ、あんたはお上品なんだったな、忘れてたよ。だがなあ、グイン、ひでえじゃねえか。俺はあんたに命じられてあのセムの谷にマルス伯爵の青騎士団を誘い込んだ。モンゴールの青騎士に化けてさ。そのおかげで、俺はそれがバレて、モンゴールの法廷でのちのちに裁かれかけたんだぜ。そのとき俺に不利な証言しやがったフェルドリックのじじいは俺がブチ殺してやったがね。だけど、本当は、あの計略を思いついたのは、俺じゃねえ。ケイロニア王グイン、あんたじゃねえか。モンゴールの青騎士団を壊滅においこんだあの作戦は、俺じゃねえ、あんたがたてたんだ。俺じゃねえ。イシュトヴァーンじゃねえ」

「……」

「これは忘れたふりをしたって駄目だ。させねえよ。俺がこんなにはっきりとまざまざと覚えてるんだからな。——そうだ、俺には言い分がある。俺は確かに卑怯なことをしたかもしれねえが、それは、あんたがたてた計略を実行する係だったからだ。あの作戦の責任をとるべきなのはあんただ。だから、あんたは——あんたこそ、モンゴールにとっちゃ、れっきとした敵だったはずだ」

「……………」

「昔の話だ、っていうのかい？　それとも——なんとか云えよ、グイン、なんとか云えよ！　そういうときにそうやって、なんもかんも、まるで俺が駄々っ子がつまらねえ駄駄をこねてる、みたいに悠然とかまえて、駄々っ子のガキのいうことなんか相手にできねえ、とでもいいたげに黙ってるから、俺の胸はいっそう煮えるんだぜ。——なあ、そうだろう、グイン。あんたは、あのとき、パロのふたごを助けるために、モンゴールの騎士団を全滅させたり、アムネリス公女の軍勢と戦っていたでをあたえたりした。あんたは、あのとき、れっきとしたモンゴールの敵だった」

「……………」

「そしてそれからいろんなことがあって——あんたは、いまじゃケイロニア王だ。もしもシルヴィア皇女がケイロニアの女帝を継げばケイロニア女帝の夫になるだろうし、場合によっちゃあ、あんたとシルヴィアのあいだに子供が産まれてそれがケイロニア皇帝になれば皇帝の父として後見人にたつだろうし、だがそのうちにはきっと、あんたはケイロニア皇帝になるんだろうと俺は思ってるよ。だってそうだろう、あれだけケイロニア国民にも軍にも誰にも慕われてる英雄だ。シルヴィア皇女が女帝になるより、特例ってことであんたがケイロニア皇帝になるほうを、はるかにケイロニアは喜ぶだろうよ。だがそんなことを云いたいんじゃない。あんたはいまれっきとしたケイロニア王だって云いたいんだ。そうであるからには——あんたの行動はすべて、ケイロニアの国益を代表するものだと思っていい。そうだろう」

「とも、限らんと思うが。完全にいまの俺は一個人として動いていると思うのだが」

「と、あんたがいかに云ったところで通用はしないさ。あんたはケイロニア王グイン、豹頭王グイン、世界の英雄グインなんだからな。——だから、あんたのやることなすことは、中原と、そして世界の情勢に多大な影響を与える、ってことだ。どうだ、俺もずいぶん王様らしくなってきただろう？」

「………」

「なんでなんだ、グイン」

イシュトヴァーンは激しく云った。もうこれ以上、耐えられぬ、というかのように、いつの間にか酒をあおることさえ忘れていた。

「なんでなんだよ。なんで、俺の敵にまわったんだよ。——あんたはなんでノスフェラスにいたんだ。あんたはノスフェラスで何をしてた。あんたは、なぜハラスを助けた。

云えよ。云ってみろよ、グイン。——どうした、云えないのか。本当のことを」

第二話　追憶の森

1

副官のマルコだけが、イシュトヴァーンがそう云い放ったとき、まだ、天幕の一番隅で、じっとひかえていた。彼ははっとしたように顔をあげ、それはまだ云わぬはずではなかったのか、といいたげに身をこわばらせてイシュトヴァーンを見た――だが、グインがするどい視線をそちらにおくると、あわてたように、おもてをふせてしまった。そして、何も耳に入らぬかのようなていをよそおった。

イシュトヴァーンは、マルコのいることなどはすっかり忘れてしまっているかのようだった。

「どうした。返事が出来ないのか、グイン。――だが、たまにはあんただって胸襟をひらいて……っていうんだったな、胸をぶち割って話してくれたっていいだろう。でなきゃ――でなきゃ、俺は……俺はあんたを拷問にかけたくなる。そうやって、何もいわず、いかにも大人然と黙って笑ってるあんたを、しゃにむにひっとらえて、どんな拷問にかけてでもなんでも、本当のことをその豹の口から吐かせたくて気が狂いそうになっちまう」

「物騒だな、イシュトヴァーン」

グインは静かに云った。

「本当も嘘もない。俺には、そんなふうにかくしだてすべきことなど何もない。俺はたしかにノスフェラスにいた。だが、それは何か陰謀をたくらんだりするためではない──俺は何も隠してなどいない。ハラスを救うこと──救ったのかどうかわからぬが、ともあれあそこで介入する結果になったのは偶然だ。それは信じてもらうほかはない。俺は俺でちょうどケス河を渡ろうとしていたのだ。そこで、あの騒動にゆきあった。そして、俺はあの若者たちが、あそこでむざんに、大勢に虐殺されてゆくのを見るにしのびなかった。それだけのことだったのだ。それは相手がゴーラ軍であろうと、おぬしであろうと、かかわりがなかったし、またあえていうなら、その殺されようとしている少数のものたちが、ハラスであるか、そのモンゴール反乱軍であるかなどということは俺はちっとも知らなかったし、気にとめてもいなかった。俺が見ていたのはただ、大勢のちゃんと武装したたけだけしい軍隊が、少数の、女子供を連れた、負傷者をともなった若者たちを惨殺しようとしている、という光景だけだった。これは本当だ」

「へええ。あんたは、いつからそんな正義派に成り下がったんだ——いや、成り上がったんだ、かな」

イシュトヴァーンはひどく皮肉そうにいった。所詮、彼は、おのれの中につきあげてくるものを隠してこともなげにふるまって、うまく情報を引き出す、などということは出来なかったのだ。

「確かにあんたは他のやつとは、ちょっと違った判断の基準で行動することがある、ってことは俺も知ってたさ。だが、それにしても、あんたは決して、べつだんそんなに正義の味方を気取ってるやつじゃあなかった。とても非情なところもあって、その気になれば、友達をだって見捨てられただろうし——その気になりさえすれば、単身大軍のなかに切り込んで友達を助けることも辞さないだろうけどな。だけど、そのとき、あんたがどういう基準で動いてるかは、俺にはわからなかった、というか、いまでもわからねえ」

イシュトヴァーンはぐいと身を乗り出した。そして、グインの顔をちかぢかとのぞきこんだ。

「なあ、云えよ、グイン。あんたは、俺が、モンゴール反乱軍を制圧することを、やりすぎだと思うのか。ここには俺とあんたのほか、誰もいねえ——あ、いや、少なくとも、いねえのと同じだと思ってくれていい。そのくらい、俺の信頼するものしかいねえ。あんたのいうことなら、俺だって耳をかたむける値打ちがあると思う。云ってくれよ。あんたは俺が、ゴーラ王として、モンゴールを制圧するのは、しちゃあいけねえことだと思ってずっと苦々しく思っていたのか」

「いや……」

グインは考えた。そして、慎重にことばを選びながら答えた。

「それは、おぬしのやることだ。俺が口を出すようなことではない——と思う、だろうと思う。もしも俺が……」

「もしもあんたが、何だよ。もしもあんたが、モンゴール反乱軍の同情者でなければ、ってことか？」

「また、何をいっているのだかわからん。俺は、ハラスたちがモンゴール反乱軍だ、ということだって、あのケス河の川辺で、まったく知らなかったのだと云っているだろう」

「だが、あいつらが健気に戦ってるから、だから殺させたら気の毒だと思った？　本当にそれだけなのか？　だが、だったら、あんたはなぜ、まさにあんなすごいタイミングで、ケス河のむこうからあらわれてきたんだ。ええ？」

「それは——たとえ、信じてもらえなくとも、何回でもそう繰り返すほかはない。それは、偶然だった、とな」

「偶然も偶然、あんな偶然があるもんじゃねえ」

イシュトヴァーンはけわしく云った。

「それに、じゃあ、云ってもらおうじゃあねえか。あんたは、どうして、ケス河をわたるのに、こんな下流まできて——スタフォロスの砦あとをさえこえるくらい下流までやってきたんだ？　その前に、あんたはいったいなぜ、クリスタル・パレスから消え失せたんだ？　とききたいところだが、それについちゃ、きっと聞いたところではかばかしい答えは返っちゃこないんだろうからな。それはまたあととして、あんたは、どうして、あそこにいたんだ？　本当に偶然だったと信じてやってもいい。だが、だとしたら、なんだってあんたは、あんなところにいたんだ？　あそこで何をしてたんだ？　そして、あそこから、どこへゆこうとしてたんだ？　云ってみろよ。云えないかぎり、俺は、あんたが偶然あそこにいたなんて、信じるわけにはゆかねえぜ」

「だが、信じてもらうほかはない。まるで——」

グインは、ぐいとおもてをそらして、イシュトヴァーンから身を遠ざけた。イシュトヴァーンの顔がみるみるけわしくなった。

「まるで尋問だな。俺は尋問されているのか、イシュトヴァーン？　俺は、虜囚として扱われている、と考えていいのか？」

「それは……」

イシュトヴァーンは一瞬、ためらった。それから、するどく、何かを切り捨てるようにいった。

「そうだ。あんたは俺のとりこだ。俺はあんたをいけどりにした。それをタネにケイロニアと交渉しようなんとは考えてねえから安心しろ。だが、ともかくあんたはいまげんざいは俺の手に落ちている。尋問なんかしたくねえ——俺は、甘えから、いまだに心のどっかで、あんたのことをダチだと、マブダチだと思いたがってるからな。だから、あんたが協力的になってくれさえすりゃあ、それでもって俺を納得させてくれさえすりゃあ、歓待するさ。なんぼでも、賓客として歓待し、ケイロニアまで護衛する部隊を出して送り届けてやったっていいさ。あんたにゃ、そんなものは必要ねえんだろうけどな。——だけど、とにかくそのためには、俺は、納得できることをすべて納得しなくちゃならねえ。それを尋問だというのなら、それでもいい。だが、俺はことをあらだてまいと懸命に我慢してる——そうしてるうちに、俺に答えてくれ。俺を納得させてくれ。でないと俺は——でないと俺は気が狂う」

「イシュトヴァーン——」

「俺は……自分がおさえられなくなる。……このごろ、ときたま、自分が怖いんだ。癇癪をおさえられなくなる……気が付いたら、どいつかの死体がそのあたりにころがってるんじゃねえかと、恐ろしくてたまらなくなるときがある。そのへんの小姓かなんかならいいが、ひょっとして、たいして悪いこともしちゃいねえ女かなんかをこみあげてくる怒りをこらえかねて殺しちまって、あとから気が付いたら足元に死体がころがってたらどうしよう——あんたは、そんなおそろしさを感じたことはあるか？　ねえだろうな。いつだって、てめえをおさえることにかけちゃ、超人的なあんたのことだものな」

「その気持は、わからぬわけではないぞ、イシュトヴァーン」

ゆっくりと、グインは云った。イシュトヴァーンははっとしたように目を見開いた。

「おのれをちゃんと把握していないのではないか、という恐怖、おのれを見失い、自分が自分のことを知らないのではないかという恐ろしさ、自分はなにものなのだろうという恐怖——足もとから崩れてゆくところに立っているような不安。そんなものを、まったく俺が知らぬと思うか？　それどころか、俺ほどにそうした恐怖や不安にさいなまれている人間はいないと俺は思っている。俺は何者なのだろう？　俺は、いったい何をしてきたのだろう？　俺はどういう存在だったのだろう？　俺は——」

「そうか」

イシュトヴァーンははあっと深い息をついた。

「あんたは、豹頭だもんな。——それに、突然ルードの森にあらわれたとき、まったく過去の記憶を失ってたんだもんな。だとしたら、そりゃあ、そう思うのも無理はないかもしれねえ。あんたにとっちゃ、記憶ってのは、ルードの森にあらわれたあとのことしかねえのに、それより前にだって、どこかで当然、生きていろんなことをしてたわけだもんな」

「………」

グインは、目をほそくしてイシュトヴァーンを見つめた。

(突然ルードの森にあらわれたとき、まったく過去の記憶を失って——?)

「あんたが、いま、そういったとき——恐怖や不安にさいなまれている、といったとき、なんか、すごく、本当らしく聞こえた。っていったら変な言い方だけどな、本当に、ああ、そうなんだ、こいつはそうなんだなって思ったよ。——だったら、そうだ、だったらグイン、あんたにだってわかるはずだ。わかってくれるだろう——俺のはそれにくらべたらもっとずっと身近なばかげたおびえだと思われるかもしれねえ。そんなふうに我を見失うのが恐しいんだったら、酒を飲まなけりゃいいじゃねえか、かんしゃくをおこさなけりゃいいじゃねえか、ってな。——だけどそれは知らねえやつのいうことなんだ。俺にとっちゃ——それは、おさえて押さえれるもんじゃねえんだ。いつだって、酒だって、過ごすつもりなんざねえ。ほんのちょっとした気晴らし、ちょっとした気休めだよ——そりゃ、いろんなことがあって、辛くてさ。酒でもなけりゃ、やってゆけるわけねえだろ? で、酒をもってこいと怒鳴る——確かにそのときは、でも本当に飲みすぎねえようにしようと気を付けている。とても殊勝らしくそう思っている。きょうは一杯でやめとこう、少なくともつぼ半分きり飲まねえことにしよう、とかな。そして、夜がふけてふと気が付くと——俺の前には、からになった火酒のつぼが三つもごろごろところがっている。それをみて、俺ははっとする——これじゃいけねえ。もうやめよう……そう思いながら、じゃあさいごのをあけちまおうとつぼをふる。酒が入ってねえ。すると俺は知らず知らずのあいだに怒鳴ってる。なにやってる、酒がねえじゃねえか、次の火酒のつぼを持ってこい——」

「……」

「その次には、目をあくともう次の朝なんだよ」

イシュトヴァーンは肩をすくめた。

「まあ、俺はいつか酒でいのちを落とすんだろうなと思ってたけどな。——それはそれでいいや、もうそれでもかまわねえや、ともな。——こないだ、その……」

イシュトヴァーンは、ちょっとくちびるをなめ、それから、何もかもぶちまけてしまいたい強烈な衝動にかられてつづけた。

「このつらにこの傷をつけちまったときも、結局は、要するに酒だったんだ。酒の飲み過ぎ——それで、おくれをとっちまった。くわしいことは云いたくもねえが、酒さえ飲んでなけりゃあ、自慢のつらにこんなひでえ傷をおってしまうこともなかっただろうさ。それに、あわやいのちを落とすとこだったたし。それで懲りて、とにかく戦争が近いときには、陣中では、控えなくちゃと思うようになったんだが……」

「それはまあ、そのほうがいいだろうな」

「また、そういう顔つきでそういうことをいう。だから俺はむかっぱらがたつんだよ。まあいい——それはそれとして、酒は、まあだから、しょうがねえと思う。だが俺が困ってるのは、かんしゃくのほうなんだ。酒をのむと、よけいかんしゃくが起きやすくなるのも確かだし——そんなつもりはねえんだ。だが、俺は、やっぱりもともと気短かだし、わがままでもあるんだろうしな——」

「………」

「だが、だからって、いろんなことの決断を、そのかんしゃくのせいで曇らせてるとは思ってねえんだ」

急に、荒々しく、別の怒りがふいにつきあげてきたかのようにイシュトヴァーンは云った。

「みんなして、俺のことを、いきなり怒り出して剣をふりまわし、みなを切り倒してしまう化物みたいに思っていやがる。俺はちゃんと知ってんだ——だが俺はそんなもんじゃねえ。俺にしてみりゃ、俺の言い分がある。お前らが、俺を挑発するんだ。挑発して怒らせ、俺がそうせざるを得ないようにしむけるんだ。お前らが怒らせたんだから、お前らがなんとかおさめる方法をめっけりゃいいんだ。——俺は……俺はいつだって…

「ずいぶんと、お前は、不幸そうだな、イシュトヴァーン」

おだやかに、グインは云った。思わず、そう云わずにはいられなかったのだ。イシュトヴァーンはびくっと身をふるわせた。

「な、何だって」

「ずいぶんと、不幸そうだなと云ったのだ。ゴーラの王――その地位は、自ら望んだものだったのだろう。だのに、その欲しいものを手にいれて、お前は少しも幸せそうに見えぬどころか、なんだか壁に頭を打ち付けて癇癪をおこしている子供のように見える。いったい、何がそんなに怒れるのだ？　なんでそんなに怒りがこみあげてくるのか、俺には想像もつかぬ。何が、そんなに怒れるのだ？」

「何って――いろいろだよ」

イシュトヴァーンは、ふいにこんどは、照れたような微笑をうかべた。そして、また、火酒をあおった。ほとんど無意識のしぐさだった。

「みんないうことをきかねえし――いろんなことが、うまくいってるはずなのに、いかねえし……なんだか、思い通りにならなくてさ。何もかも……それが、カンにさわって……イライラするんだ。いつもイライラしてる……あちこちかゆくなってむずむずしたり、なんだか、腹のなかがうずうずしてきて、我慢できなくなる。――誰もかれもが気に入らなくなって、それに、信じられなくなって……昔は俺はどうしてたんだろう。もっと、幸せにしてたんだろうか？　昔は、もっと俺はひとを信じたり、やすらかにしてたりしたんだろうか？　そんなことは信じねえ。俺は、チチアのみなしごだった——誰もかれもが、俺をえじきにしよう、すきあらばとって食おうとねらってた。そのなかで育った——誰も信じられなかった。むろん信じたやつはいたさ。ライゴールのランとか——カメロンとかな」

イシュトヴァーンはちょっとぶるっと身をふるわせた。そして、はじめて思い出したように、マルコのほうをふりかえった。

「お前、もういいから、外に出てろ」

「………」

マルコは、一瞬何か言いたそうなようすをしたが、黙って頭をさげて、出ていった。

「あいつは、カメロンがさしむけたやつだったんだ、そもそもは」

その背中が天幕の垂れ幕をくぐって出てゆくのを見ながら、イシュトヴァーンは説明した。

「だから俺もけっこう長いこと、カメロンの息がかかってると思って信用してなかったんだが、いまは——そうだな、いまは一番信用してる。だけど、だから……だから、俺がカメロンの悪口をいうところを、あいつにきかせたくねえんだ」

「カメロン――」

用心深くグインは口のなかでつぶやいた。イシュトヴァーンは気付かなかった。

「あんたはカメロンのおやじと会ったこたあ、あったんだっけな。確か、ねえよな？　俺の知ってるかぎりじゃ、ねえはずだよな。だがうわさはきいてるだろう。もとヴァラキアの海軍提督カメロン、いまやヴァラキアを捨てて俺のゴーラの宰相となってくれたカメロン将軍。俺にとっちゃ、ヴァラキア以来の、まあ、養父みたいなもんだ――というか、もともとは、きゃつは、おのれが俺の父親だ、といううわさをひろめたりしたし、そうじゃあなかったらしいけど、気持的にはやつはかなりそのつもりでいるらしい。いや、もっと違う気持なのかもしれねえ。それはどっちでもいい――肝心なのは、俺には、どうしても絶対に信じられるやつが必要だったんだ、ってことだ。――俺が、あんたにこんな話しするの、変か？」

「いや……」

「俺は、誰かに話したかったんだ。話したくて、というか相談したくて、気が変になりそうだったのかもしれない。――これまでだと、俺はなんでもカメロンに相談してた。それからその次には、なんでもマルコに相談してた。相談ってんでもねえな――それで、何か決めるためにきくわけじゃねえからな。そうじゃなくて、俺はただ、自分の腹のなかにためておけねえんだ。気持悪くて――そいつを早くおもてに出しちまわねえと、気持わるくて、腹がだんだん重たくなってくるんだ。……だけどこれはマルコにも相談できねえし、ましてカメロン当人のことだからな。俺は……カメロンとのあいだに、なんだかわだかまりが出来ちまって、どうやっても、どういう手段をとっても、何をしても、すっかりきれいには、解決しねえ……それが、何よりも気持が悪くてならなくてさ——俺がずっとゴーラをあずけてあちこち遠征に出ていたから、そのあいだに、きゃつがつけあがっちまった、ということなのかもしれねえんだけどさ……」

「……」

「俺は……最初は、あのガキの父親はカメロンなんじゃないかと疑ってた。それは俺にとっちゃ二重にとんでもねえことだった。まず、俺は、カメロンは俺に首ったけなんだと疑ってもいなかったし、アムネリスのあまだって、そうだったからな——だが、むろん、アムネリスは、俺がモンゴールを制圧した時点で、俺に心をとざした。だから、それはもう——俺だって、あんな女、愛しちゃいねえ。はなから、愛したことなんかなかった。俺が——俺が愛していたのは……」

イシュトヴァーンはちょっとことばをきった。それから、何かを飲み込むように深く息をついた。

「まあいい。とにかく、俺は政略結婚てやつでアムネリスを女房にした。アムネリスを女房にすれば、モンゴール大公の夫になれる、っていうことがあったからな。ばかな話だ。ほかの女を手にいれるために王様になろうとしてたのに、その王様になるのを、違う女と結婚することでやろうとしたなんてさ。第一、それで、王様になったらとたんにその女房を殺してすげかえちまうわけにも——まあいいや。どうせ、その、手にいれようとしてた女はほかの——ほかの……」

イシュトヴァーンはまたしても追憶のはざまにひきこまれかけた、とでもいうように、こんどはかなり激しく身をふるわせた。そして、いきなりまた、まったく違うことをいった。

「なあ、グイン、俺、なんか、変か？　俺のようすって、ちょっと変だと思うか？　酒の飲み過ぎだ、って思うか？　それともなんか悩みがあって、それに押しつぶされてるやつみてえだと思うか？　あんたは昔っから俺を知ってる。俺——俺はずいぶん変わっちまったか？」

「……………」

グインは、一瞬、どう答えようかと躊躇した。いまの彼は、じつのところ、《かつてのイシュトヴァーン》などはまったく知ってもいないのだ。

だが、それから、グインは、ゆっくりと息をすいこみ、落ち着いて答えた。

「ああ。——こういっては何だが、お前はずいぶん変わってしまった、と思う」

「何だよ」

ふしぎなことに、そう云われて、イシュトヴァーンは微妙に嬉しそうな顔をした。我が意を得た、とさえいってもよさそうだった。

「やっぱり、お前もそう思うんだ？　俺、いったい、どう変わったっていうんだろう——てめえじゃ、全然わからねえんだよ。変わったつもりもねえし……だのに、なんか……いつもみんなに、変わった変わった、いけないいけないって責められるばっかのような気がしてさ……俺、いったい、どう変わった？」

これにはグインは困った。だが、また、彼はゆっくりと考えこむような顔をして時間をかせぎ、それから答えた。

「そうだな……やはりずいぶん苛々して落ち着かぬように見えるし、それに——そんなふうに昔のことばかり懐かしむというのは、やはり、いまあまり幸せではない、ということなのではないか？　いまの状態が満足のゆくものなら、そんなふうに、昔が一番美しかったなどとはふつうは思わぬのではないかと、俺は思うのだが」

「ああ——まあね」

イシュトヴァーンは唇を吸い込むようにしてうなづいた。

「それはそうだろうなあ。それに俺——思い出してみて、そんなに昔って、幸せだったのかと思ったら、結局そうでもねえなあ、って思ったこともあるんだよ。昔ったって、いろいろあったけど——どのときも、俺はいつも、野望ばかりふくれあがっていて、いろんなことがあって、いろんなやつがいて──あのときのやつらも、このときのやつらも、結局みんないなくなっちまった。それをいまだに俺は──ときたま思い出すよ。そうするとなんだか気が狂いそうになる。みんな、いっちまった──いなくなっちまった。いまはたまたま別の連中に囲まれてる。だけど、そいつらもきっといまにいなくなる。いまにきっといっちまう──そうして、また違う連中がきて──俺は、いつまでそうやってるんだろう？　いったいいつまで、こうやってるんだろう、俺はどこまでゆくんだろう──どこまでゆけばいいんだろう。俺が──俺がやすらぎを得るのは、いったいどこで、誰のもとでなんだろう──って」

「………」

「なんて、長い旅なんだろう。なんて、長い」

イシュトヴァーンは、瞑想的にいった。めったに云わぬような口調だった。

「カメロンだけは信じられると思ってたのに。あいつはアリとかとは全然違う。俺が絶対に信じていいものがあるとすれば、それはカメロンだけなんだ、ってな。──あいつは俺を愛してる、俺に惚れてる、俺のために人生を賭けてくれた。だから、絶対に俺のもとからはなれることはねえ、とそう思っていたよ。──誰が俺を裏切ろうと、誰がはなれてゆこうと、誰が遠くなろうと、俺にはカメロンがいる──俺には家族ってものがいたためしがねえ。だからこそ、カメロンが、俺にとっちゃ家族みたいなものなんだって――というより、たぶんこれが本当の家族なんだろうって。だけど、そのカメロンを信じられなくなっちまったら――俺は……」

「何故だ？」

ものの柔らかに、グインはきいた。イシュトヴァーンはびくっと身をふるわせた。

「何故だ、って、な、何が？」

「なぜ、カメロンを信じられなくなったのだ？　何か、そういうわけでもあったのか？　何か信じられなくなるきっかけでも？――と聞いている」

「それは――」

また、イシュトヴァーンは小さく神経的に身をふるわせた。

2

イシュトヴァーンは遠くから、かすかに異様な鳴き声のようなものがきこえてくる。イシュトヴァーンはふとおもてをあげた。

「あれは——ルードの森の死霊だよな。それともグールかな」

思いついたようにいう。グインは首をふっただけで何も云わなかった。

「ここはルードの森のまんなかなんだな。なんて——遠い、遠いとこなんだろう」

イシュトヴァーンはつぶやくようにいった。そしてまた、ほとんど無意識に酒をついだ。

「だが、どこから遠いところなんだろう——生まれ故郷のヴァラキアからか。だがあそこにはもう誰もいねえ——親も家族ももともとなかった。俺を待っててくれる人間もいねえ、いま、ヴァラキアと俺のあいだには何にもねえ。あるのはただ、俺がヴァラキアで生まれ、育ったっていう事実だけだ。いま戻っても、俺は、てめえが暮らしてた小屋がどこにあったかだってわかんねえだろうさ。ヴァラキアだって、変わっちまってるだろうからな。――だからって、赤い街道の盗賊してるときに暮らした洞窟だって、レントの海の小さなダリアの島だって……懐かしくはあっても、いま戻っていったところで、そこは俺のいるとこじゃねえ。俺は、生涯こうやって流浪してゆくんだろうかと思ってた。それでいいと思ってた。それがむしろカッコいいと思ってたよ、若いうちは。――死の都ゾルーディア、氷雪のノルンの彼方、そしてノスフェラス、草原のアルゴス、モンゴール、パロ――それからそれへと、ひたすら放浪していた。いろんなことがあって――だけど、いつか、またここに帰ってくるかもしれないと思ってた。だが二度と帰らないかもしれないとも……誰も、俺を引き留めることなんかできねえんだと思ってた。――俺は風みてえに、欲しいものを奪い取りながら、先へ、先へと進んでゆくんだ、ってな。――そうして、俺はついにモンゴール大公の夫になり、将軍になり、そうして――ゴーラ王になった。ゴーラ王の名をむしりとった……力づくで手にいれた、といいたけりゃ、そう云ったってかまわねえ……」

「……」

「そして、俺はイシュタールを作った。――ああ、イシュタール……最初のうちは、俺は本当にイシュタールに夢中だったよ。これこそ、俺の探していたものだ。俺の本当に欲しかったものだ――俺は、ここにたどりつくためにこれまで、ずっとこんな長い、長い旅をしてきたんだと思った。そして、どこからどこまで俺の理想の、夢見てたとおりの都に仕上げてやろうと思った。……そうして、イシュタールはどこからどこまで、世界で一番美しい、一番俺の望みどおりの都に仕上がりつつある。あると思うよ、グイン――こんど、招待するから一度イシュタールを見てくれ。おっと、招待って云わずとも、いまはあんたは俺のとりこなんだったな。俺が、あんたを、トーラスからイシュタールへ護送すれば、あんたはいやも応もなしにイシュタールへ連れてこられざるを得ないってことになる」

「……」

「そう、いまだって、イシュタールのことを思うとちょっとだけ胸がしっとりとするような気がする。だけど……こないだ、あんたが消えちまって、長い長いあいだ待ち望んでいたイシュタールに戻ってきてみたら……そこに……」

イシュトヴァーンはいきなり杯をおいて両手で顔をおおった。

「そこには……そこには、怪物がいやがったんだ」

「怪物――」

「ガキだよ。ドリアンとかいう、見たこともねえ化物だよ！」

イシュトヴァーンは、啜り泣いた。が、さすがに、かろうじて、それを自分でおしとどめたので、かすかに嗚咽がもれただけだった。

「どうしていいのかわからねえ。俺は——まるで逃げるようにしてイシュタールを飛び出してきちまった。誰もかれもが——あのおっそろしい乳母だの、カメロンだの——誰もが、みんなして、俺にあの化物をおしつけてこようとするんだ。そして、『可愛いお坊っちゃんですよ』だの、『さあ、あなたのお子さんですよ』だのといいやがる。カメロンでさえ、わかってくれなかった——どうして、そんな、突然、虫みたいなものを押しつけられて、それが『いとしい我が子よ』なんて思うことが出来るというんだ？ 大事な俺のイシュタールにまるで、変な——気味の悪い虫が巣くっちまったようななんともいえないいやぁな気持がした——こんな気持って、感じたことがあるか、グイン？ ねえだろう？ わかんねえだろう？ だってあんたにゃ、子供がいねえんだから！」

「ああ……確かに、お前のいうような気持はとても経験したことも、想像することもできぬかもしれん」

グインは率直に認めた。

「だが、おのれが子供をもったらどう思うか、ということは俺にはかいもく見当がつかぬ。とてもいとしく思うのではないか、とは思うのだが——ただ、俺はいつも、俺の豹頭が、どう子供に影響するのだろう、ということが恐ろしくてならなかったからな……」

「そうか」

イシュトヴァーンはふいにまた、元気をとりもどして、顔をおおっていた両手をはなし、グインにまるでほっとしたかのようにほほえみかけた。

「そうか。あんたにも、そういう悩みがあったんだ。——そう聞いてほっとするよ。……そうだよなあ、豹頭の、男の子ならまだしも、娘なんか生まれちまったら、大変なことだよな！　そりゃ、そうだ。考えてもみなかった——そりゃ、俺よりずっと深刻な話だ」

「……………」

「だけどさ」

イシュトヴァーンはまたひと口酒を飲んで元気をとりもどし、話をひきもどした。

「それで俺は、むしろこの反乱がおこったのをさいわいに、トーラスへと遠征にきちまった。あれほど愛していて、ずっと早く、一刻も早く帰りてえと思ってたイシュタールだったのに、出てゆくときはほっとするような気持だった。なんだか、それに、あのガキのことがなくても、イシュタールに戻ってみたら、なんとなく、自分の居場所がなくなっちまったような気がした——イシュタールが、預けといたカメロンのものにされちまったような——イシュタールが、俺よりカメロンのほうになついちまったみたいな……」

「まるで、そのイシュタールが、生きた人間ででもあるような言い方をするのだな、イシュトヴァーン」

「俺にとっちゃ、イシュタールはいつでも、なんだか、生きた人間よりもずっと近しいものに思えていたんだよ。だからだよ。グイン、だからだよ！　俺は、なんだか、イシュタールにずっといたってことで、カメロンにやきもち焼いていたのかもしれねえ。だのにカメロンにはそんなこと、全然わからねえからさ――あのガキについて、ああだこうだ、いろいろ俺に意見したりしやがって。――俺は、カメロンが本当にアムネリスを抱いたなんて、思ったこともなかったさ。あいつがどんなに俺に惚れてるかは俺は知ってるんだ。ルブリウスってのともちょっと違うかもしれねえが――それにあいつは、きわめて誠実なやつだってことも、俺は疑ってねえ。俺の留守のあいだに、たとえどれほどアムネリスのあまが精神的におかしくなろうと、それを慰めるためだったり、なだめるためだろうと、かたちだけでも俺の女房である女を寝取るなんてことは、死んでもするカメロンじゃねえ。それは信じてる――それはわかってる。カメロンが本当に愛してるのはアムネリスじゃねえ、俺なんだってことも、俺はずっとよくよくわかっていて、だからこそ、カメロンだけがこの世で信じられる、と思っていたつもりだった。だのに」

「……………」

「だのに――そのカメロンが信じられなくなっちまった」

幼い子供のように単純にイシュトヴァーンは云った。その口調にも、そのけわしいおもてにも、瞬間、グインが連想したのは、途方に暮れた幼い子供以外のものではなかった。

「どうしてなんだろう。――何回、頭で、俺が、てめえに言い聞かせても――アムネリスとカメロンは出来てなんかいねえ、あのくそガキはカメロンの子なんかじゃねえ、って思っても――いや、いま、はじめて思ったけど、俺、そう、思いたいのかな。あれは本当はカメロンの子だ、って思いてえのかな。――だって、そう思うと、あれは、俺の子だ、って思わなくてすむ。――自分の子だったら、俺が責任をもたなくちゃいけねえ。なんとかしてやったり――可愛がってやったり、俺、てめえが親なしっ子で育ってるから……ずっと、自分に子供が産まれたらうんと可愛がってやろう、きっとさぞかしかわいいだろうと想像してたんだよ。こんなの……思ったこともなかった。こんなふうに自分が思うなんてさ。――俺は、あの赤ん坊を最初におしつけられたとき、悲鳴をあげて逃げ出して――吐いたんだ」

「……………」

「俺、むしろ、子供好きのほうだと思ってたし――よくちびっ子どもをあつめてお山の大将をやってたしさ。だから、それがてめえの子となったらどんなにか可愛いだろうと思ってたよ。ずっと想像してたよ……だのに、本当にそれが出てきたら俺は……自分がそれに耐えられねえってことがわかったんだ。家族を、本当の家族をもつことをずっと憧れてたのにさ……」

「気の毒だな」

優しく、グインは云った。イシュトヴァーンははっとしたように顔をあげた。

「え」

「気の毒だな、といったのだ。それはもう、おぬしだけではない。おぬしも可哀想だが、カメロンどのも、またその赤ん坊もとても可哀想だ。誰が悪いわけでもない。たぶんアムネリス王妃でもないだろう。可哀想なのはアムネリスも同じだからな。……俺は、その誰の胸中を考えても胸が痛む思いがする。いや、赤児はまだ何もわからぬのだろうが……いまのうちに、たぶん、誰か信頼できる人間に預けて、おぬしの目に入らぬところで、ゆっくりと成長させてやることだ。そのような不幸な生まれつきをしてしまった子供にとっては、いまからいろいろなことをやり直すといったって無理な話だ。両親をかえることも、生まれようをかえることも、もって生まれてしまった最初の運命を違うものにかえてくれとヤーンにいうこともできぬのだから、ただ、一番いいことは、その子が、なるべく、その持って生まれた運命のなかなりに幸せに生きられるようになる、それだけしかないだろう」

「…………」

イシュトヴァーンは、唇をかみしめてうつむいた。その膝に、ふいに涙がポタポタと落ちた。

彼はそれをはずかしげもなく拳でぐいとぬぐった。

「なんだかさ、グイン」

彼は、どことなく甘えた声でいった。

「いまとなっちゃ——たとえ敵だろうがなんだろうが、俺は……ただ、世界に——かつてカメロンのことをそう思ったみたいに、いまは、あんたしか、信じられるものがないのかもしれない、って気がするときがあるよ。——それは、前から、どんなにあんたに頭にきてたときでも、本当は思っていた。あんたは、信じられる——あんたは信じて平気なんだ。あんたは、確かだ、頼りになる、ってな。——だからこそ、あんたに置いてゆかれちまうと、俺はとてもひどい目にあったような、実の親に置き去りにされた子供になったような気がするのかもしれねえ。あのサイロンの風の吹く丘でも、それからクリスタルでも。——あんたは何度か俺を置き去りにしたし、そのたんびに、俺は烈火のごとく怒ったよ。だけど……」

「…………」

「だけど、それでも、俺は本当には絶対にあんたを憎めねえ。切り捨てることもできねえ。俺にとっては、あんたはとてもでかい存在だった——もう、そう思ってねえようなふりもしたくない。俺は——なあ、グイン、俺は、カメロンに対して、なんだってこんなにこわばっちまったんだろう？　やっぱり、俺がいないあいだに、アムネリスと何かあった、と思ってるのかなあ？」

「いや、そうではないと思う」

グインは考え考え云った。

「そうではなく、たぶん、おぬしはすねているだけなんだろう。——カメロンどのは、お前をおいていったわけではなく、逆にお前のほうがイシュタールを置いて遠征にいったのだが、お前のほうはたぶん、イシュタールとカメロンどのに置いてゆかれたような気持がしているんだろうな。そして、気持が深くそれに向かっている分、いっそう、すねてしまったのじゃないのかな。置いてゆかれた子供のように」

「——ああ」

ちょっと黙っていてから、イシュトヴァーンは深くうなづいて云った。

「ああ。——きっと、そうなんだ」

「あの子供については……俺も、もう、俺の子に生まれちまったのがやつの不運だとあきらめてもらうほかはねえと思ってるよ。そのうち、やつがもっと大きくなって、人がましい見かけになって——小さい子供じゃなく、俺の好きな、十歳くらいの利発なガキにでも育ってくれたら、ずいぶんものごとは違うかもしれねえ。俺はもともと、十歳から十二歳くらいのガキってのがとても好きでさ。そのくらいの年頃の、頭のいい、ませくれた生意気なガキってのは、俺にとっては、とても好きなやつらだったんだな。ヴァラキアじゃ、あのほら、いまパロの参謀長だのっておさまりかえっているだろう。あの瘦せた、ヨナってやつな、あいつは、ヴァラキア人で、俺に読み書きを教えてくれた小僧だったんだよ。まだほんの十二、三歳でな。そのころから頭よくってさ。——俺も、そのころはまだ十六くらいだったけどさ」

「……」

「それに、アリの野郎がやきもちやいて殺しちまったちびもいた。あれは本当に可哀想なことをしちまった——思い出すたんびに俺は泣けちまう」

イシュトヴァーンは云った。そしてそのことばどおり、ぐいと拳で目を拭った。

「俺はあいつを守ってやれなかった。俺はアリをブチ殺したけど、あのちびのことを考えたら、ただ殺すだけじゃなく、八つ裂きにしてやっても飽き足りねえくらいだったんだ。——たった十歳だったんだ。それを、むざんにも殺しちまいやがった。俺が、そいつを、弟みたいに可愛がってた、っていうだけの理由で。——それだけでも、あの悪党めの魂よ、一万回も地獄に落ちろ、ってもんだ」

「……」

「そんなこともあった。——だけど、だからさ。そうじゃなくて……もしも、あのガキが、十歳くらいになって、それでなかなか利発なきれいなガキになって、誰かに知らないで引き合わされたら、俺は、なんか可愛い子じゃねえかと思って好きになって——それから、そいつが、本当は『あなたの息子ですよ』って知らされたら……それなりに、そいつを好きになれるかもしれねえと思ったりするんだ。というか、トーラスまできて、そう思えるようになってきたんだ。——それまでは、ゴーラに、ユラニアにいるあいだは、あいつのことを思い出すだけでさえ、ぞっとして、吐いちまうくらいだった」

「不幸な話だ」

「まったくだよ！　だが、まあいいや。だから、とにかく——俺は、何を話していたんだったっけな」

「誰も信じられぬ、という話だったと思うが」

「ああ、そう——そして、まあ、その、あんたは信じられる、っていう話だよ。あんたは、俺が変わった、と思うとそう率直にいってくれる。それに、あんたは変わらない——何があろうと変わらない。俺がどんなに動かそうと思っても動かねえし、俺がどんなに頼んでもうんといわないし、と思えば、あんたがいいと思えば即座に行動するし——最初は、それが、あんたがあまりにも俺の思い通りにならねえことが、腹が煮えて煮えてたまらなかったが、おかしなもんだね。いまは、なかなか、そこが——だからこそ、あんたは俺のいうことばじゃあ動かないからこそ、信じることができるんだな、って思ったりしているよ。あんたは、てめえの思ったようにしか動かないからな」

「というか、少なくとも、そうでありたいと望んではいるな」

「また、勿体ぶった言い方をしやがって。——だが、だから、あんたは、もしも本当に必要だと思ったら、俺をためらいなく殺すんだろうな。そうだろう」

「……………」

グインは、じっとイシュトヴァーンを見た。

それから、ちょっと困惑したように首をかしげた。

「そのようなことは考えたことがなかったな」

彼は云った。

「べつだん、お前を殺さなくてはならぬ理由があるとも思えぬが」

「だけど、だから、これはたとえ話さ！　もしも、あんたが、俺を殺さなくてはならん、と思ったら、あんたは、友達だろうがなんだろうが、長いよしみだろうが、ためらわず殺すだろう。そうだろ？　違うのか？」

「さあ——それはなんとも云えん。その場になってみないと——どういう事情があるかもわからんし……」

「だが、あんたは、あのマルガ郊外の戦いのときには、一騎打ちで、俺の首をごくごく簡単にはねることもできたのに、そうしないで、俺をねじふせた。――むろんほかの人間に対してだってそうだったかもしれねえが、あれは、いまになって考えてみると、俺だから――昔なじみのヴァラキアのイシュトヴァーンだから、っていうことも、ちょっとはあったのかな、って俺は思ってるんだけどね」

「……」

「まったく、愛想のねえやつだな。ちょっとくらい、そうだ、っていって俺を喜ばせてくれたっていいじゃねえか。まったく――まあ、いいや」

イシュトヴァーンは苦笑した。それから、かなり赤くなった顔をあげ、髪の毛をふりはらい、グインを正面から見つめた。

「なあ、グイン。だいぶん夜もふけてきた。明日はまた行軍がはじまる。たぶんあさっての夜までには、トーラス圏内に入れるだろう――そうなれば、この旅先の、ルードの森でみたいにのんきな話はしてられねえな。お互い、昔と違って、王様どうしなんだからな」

「ああ。そうだろうな」

「俺にも、さすがにいまじゃあ、俺の立場、ってもんがありやがってさ。だから、俺としちゃあ、出来ることなら、ルードの森にいるあいだに、あんたのことは、あるていど決着をつけときたいんだよ」

「決着」

「ああ、そうさ」

イシュトヴァーンはするどく云った。

「もう、強情をはるのはいい加減にして、話してくれよ。あんたは、モンゴール反乱軍と密約をかわしてたのか。あいつらを迎えるために、ケス河のあそこまで出張っていたのか。そうなのか？」

「また、その話か。決して、そんなことはない。あれはただの偶然だと、何回もいっているだろう。俺は、モンゴール反乱軍のことなど知らなかった。これは本当だ」

「まあな、時期的には、あんたが消え失せてから、モンゴール全土の反乱が本格化したからな。もしも、反乱軍と通じていないんだったら、あのときクリスタルで消えちまったあんたは、モンゴール反乱軍だの、それをひきいてるあのハラスだのとはまったく知り合ったり、通じたりするゆとりはないはずだ。だが——それだけに、俺は……」

イシュトヴァーンはくちびるをかんだ。そして、何か、胸中に去来する複雑な感情をじっと耐えているかのような顔をした。

「これは、べつだん——やきもちだの、そういうつもりで云ってることじゃねえ。俺は——正直にいうよ。俺は本当のところ、俺はっていうか、ゴーラは本当のところ、まだまだかよわい、新生の若い国だ。ことに、俺が長いことあけてたときにアムネリスがああいうことになったりして、動揺しているし、俺はまた、それをきちんと立ち直らせるゆとりもなくすぐトーラスに出てきちまった。反乱軍を鎮圧しにな。――いまの俺は、ケイロニアとたたかうなどという国力や武力、ゆとりがゴーラにも俺にもないことをよく知っているんだ。一番、この俺がよく知ってる。だから、俺は、ケイロニアを敵にまわしたくねえんだ」

「……」

「まして、あんたも――云っただろう。あんたは俺にとっちゃ、いまとなってはカメロンよりももっと信じられるやつかもしれねえって。だから――だから、俺は、あんただって本当は敵にまわしたくねえ。あんたは俺の敵にまわったのか、グイン」

「特にそうは思わんが」

「もういっぺんきくよ。あんたは俺の敵か、グイン」

「お前がそう望み、そう行動するなら、そうだろう。だが、そうでなければ、俺がお前の敵になるいわれはない」

「相変わらずだな。あんたは」

苛立ったようにイシュトヴァーンはいった。

「すべては、俺しだい、俺のせい、ってか。そのへんが本当に、いつもあんたはあんたらしいや。――だが、俺も、いつもいつもそうとばかり――あんたに眩惑されてばかりもいられねえ立場になっちまってな。俺は、あんたが俺の敵なのかどうか、はっきりさせなくちゃならねえ。いまなら、俺は、あんたを――」

イシュトヴァーンはごくりと唾をのみこんだ。

「いまなら、あんたは俺の手中におちている。あんたがここにいることは誰も知らねえ。そして――あんたは……いくらあんただって、天下の英雄、豹頭の戦士グインだって、一応は勇猛なゴーラ兵五千全員を相手に、単身で切り抜けて――五千対一で勝つなんてことは、いくらあんただって出来やしねえだろう。だから――ずいぶん損害は出るかもしれねえが、もしもそう思えば俺は――」

また、イシュトヴァーンはごくりと唾をのんだ。

「俺は、あんたを殺せるんだ。グイン」

「そうかな」

おだやかにグインは云った。

瞬間、イシュトヴァーンはかっと胸中が火をふくのをこらえるような顔をした。そして、びいんと響く声で怒鳴った。

「いつまで、そういってられるかどうか、試してやるよ。――おい。誰かいねえのか。ハラスを連れてこい。ハラスの小僧をこの天幕に連れてくるんだ」

3

「どうするつもりだ、イシュトヴァーン？」

グインは、なおも、騒ぐようすも見せなかった。

そのようすを、憎らしそうにイシュトヴァーンはにらみつけた。

「糞落ち着きに落ち着きやがって」

彼はつぶやいた。そして荒々しく火酒をあおった。

「いいか。俺は、あんたを殺すことも――処刑することだって、惨殺することだって、一寸刻み五分試しのなぶり切りにすることだって出来るんだぜ。むろんあんたを拷問することもできる。あんたは俺のとりこで、俺はあんたをどうにだって料理できる立場なんだからな。――だけど、あんたは、どういう人間かってことは俺は知ってるつもりだ。あんたは、その気になったらたぶん、何があろうと、どんな目にあわされようと、ひとことだって口を割りゃあしねえだろうよ――本音を吐くこともねえだろうよ。そのくらい、あんたは陰険なやつだ。だが、あんただけだったらどこにも弱味はねえかもしれねえが——どうした、まだ連れてこねえのか」

「ただいま、催促してまいります」

呼ばれてあわてて天幕に入ってきて、いくぶん青ざめてことのなりゆきを見守っていたマルコが、あわててまた出てゆく。

「俺は、こんなことはしたくねえ」

イシュトヴァーンが、まるで言い訳でもするように——それでいて、妙に勝ち誇ったようすで云い放った。

「だが、あんたはなかなか俺のいうことを本気にしちゃくれねえようだから、しょうがねえから、俺も俺で考えるよ。あんたを拷問するより、はるかに効率のいい、本音の吐かせかたがあるはずだってことをね」

「お前は、信じるの、信じないの、ということをそれほど云うくせに、俺が本当のことをいっている、ということだけは決して信じてくれないのだな、イシュトヴァーン」

グインはつぶやくようにいった。

「ならば、本当に本当のことをいったところで無駄だ、ということになる。——それに、俺が本当のこと——本当に本当のことをいったところで、きっとお前にはまったく信じられないだろう。そうに違いない」

「どうしてそんなこと決めるんだ」

かっとなったようにイシュトヴァーンは叫んだ。その声であわてて小姓が顔を出したが、イシュトヴァーンは激しく首をふって小姓をひきさがらせた。

「なんで、俺が信じられないだろう、なんて決めるんだよ。——それが本当のことだったら俺は信じるさ、そうだろう？」

「いや、そうではないと思う。俺が本当のことをいっていても、お前は信じないだろう。といって、本当のことを云わなくても、なんで本当のことを云ってくれないのだ、といって俺を責め続けるだろう。だんだん俺にはわかってきたが、結局のところ、カメロンどのにしても同じことだ。お前は、ひとを疑うという病にとりつかれてしまったように俺には思える。お前は、誰も信じることが出来なくなってしまっているのだ。そして、そのことでかえって自分自身がもっとも苦しんでいるとしか俺には思えぬ」

「俺に説教するなよ、グイン」

いきなり、イシュトヴァーンは立ち上がった。そして、怒りをこらえかねたように、杯を地面に投げつけた。

あわてて小姓がとんでくる。それへ、こんどは、イシュトヴァーンは、

「早く騎士どもを呼んでくるんだ。マルコを、早く」

と怒鳴りつけた。

「お、お呼びになりましたので。ハラスはただいま連行してまいりましたが」

マルコがあわてて飛び込んできた。イシュトヴァーンは、苛立たしげに、地面に叩きつけた杯をさらに足でふんづけた。

「この男を両側からおさえつけろ。こいつは何をしでかすか知れたもんじゃねえ。二、三人がかりで押さえていたところでどうにもならねえだろうがねえよりましだろう。それと、俺に馬鞭をよこせ」

「へ、陛下」

マルコは、おだやかに——いかにも旧友再会、といったようすで談笑し、酒をくみかわしていたはずの二人が、いったい何があったのだろう、と仰天したように二人を交互に見回した。

グインは黙って座ったままでいた。イシュトヴァーンはさらに苛々とグインの前にやってくると、手をのばし、グインの腰の剣の鞘に手をかけた。グインは動かなかった。

「あんたは一応、客人というつもりで——だから剣も取り上げなかったが、いまは、暴れられては困るから、武装解除させてもらう、かまわんだろうな」

「好きにするがいい」

グインはおだやかに答えた。そして、イシュトヴァーンがグインの剣をさやごと剣帯から抜き取るのにも、抵抗しなかった。

そのとき、どやどやと大勢の気配がして、垂れ幕があがった。うしろから突き飛ばされるようにして、天幕にころがりこんできたのはハラスであった。すばやく、うしろから続いて入ってきた白い鎧をつけた側近らしい騎士が、ハラスの腕をつかみ、うしろ手におさえつけた。ハラスは一瞬抵抗しようとしたが、グインが目顔でとめると、おとなしくなった。

「どうするつもりだ。イシュトヴァーン王」

若々しい、だが必死な声でハラスが叫んだ。

「陛下は——グイン陛下は、われわれの、モンゴールとゴーラとの内戦にはかかわりなどおありでないはずだ。陛下をこのことに巻き込むのはやめてもらおう。——でないと、われわれごときをお助け下さるために、ケイロニア王グイン陛下ともあろうおかたを巻き添えにしたとあっては、僕が世界に対して申し訳がたたぬ」

「うるせえ。ぴーすか抜かすな」

というのがイシュトヴァーンの乱暴な返答だった。彼は、グインからとりあげた剣をおのれの腰帯にさしこみ、マルコがあわてて持ってきた馬鞭をかるく空中で鳴らしてみた。それをみて、ハラスのおもてが青ざめた。

「どうするつもりだ！」

「なあ、グイン」

イシュトヴァーンはハラスのほうは見向きもしようとしなかった。

「俺が何も信じられなくなっちまってる、ってのは本当のことかもしれねえ。だが、だからといって——本当のことを知る方法はある、と俺は思うんだ。——それは、本当のことを云わせればいい、と俺は思っている」

「どうかな」

おだやかにグインが云った。かっとしたように、イシュトヴァーンはグインをにらみつけた。

「いいか、グイン。お前が俺の敵にまわったというのだったら、俺だって容赦はしねえ。俺には守らなくちゃならねえゴーラってものがあるんだ。——お前が、いや、ケイロニアがもしもモンゴール反乱軍と手を結び、モンゴール反乱軍のうしろだてについた、というのだったら、こちらにも考えがある。こちらだって——ゴーラだってそう簡単につぶされやしねえぞ——たとえいかにケイロニアが世界一の強国だってな。こちらには、なにしろ、グイン、アキレウス皇帝のもっとも大切なむすめ婿のグインという人質があるんだ、いまでは」

「陛下」

マルコが驚きの声をあげた。ほかの騎士たち——中には、面白いものが見られそうだと思ったのだろう、自らハラスを連れて入ってきたウー・リーまでもいたのだが——も、思わず顔を見合わせた。

「グ、グイン陛下が、人質……」

「ケイロニアが、モンゴール反乱軍のうしろだてに……？」

「そ、それは本当でありますか。陛下」

「嘘だ」

ハラスが必死に叫んだ。そして、うしろからおさえつけていた騎士の手をふりはなそうともがいて、さらに強く右腕をねじあげられた。だが、ハラスは叫ぶのをやめなかった。

「嘘だ。モンゴール反乱軍はケイロニアと結ぶどころか、ケイロニアと連絡さえとったことはない。グイン陛下をそんなことで巻き込んだりしたら、僕は……」

「うるせえ。黙ってろ。てめえと話してるんじゃねえ、小僧」

イシュトヴァーンは怒鳴った。そして、いきなり、手にしていた馬鞭をハラスの膝の少し上をねらってぴしりと叩きつけた。ハラスが声をあげて、その場にくずおれた。が、うしろから騎士につりあげられて、またよろめきながら立たされる。膝のところから、血が滲んでいた。

「なあ、グイン、俺が知りたいのは、本当の《本当のこと》なんだ。そういっただろう？　何回も」

イシュトヴァーンは荒々しく息をはずませながら云った。そのやせた頬が紅潮し、目がぎらぎらと、さきほどまで、二人で話していたときとは別人のような妖しい残虐な光を浮かべて輝きはじめていた。

「あんただけは信じられる、そう思っていたいんだ。だが、あんたは、何回も俺の前から姿を消した。クリスタルから姿を消して、あんたは何処にいったんだ、グイン？　ノスフェラスだろう？　だが、何故ノスフェラスへいったんだ？　どうやっていった？　そして、ノスフェラスで何をしていた？——ノスフェラスで、モンゴール反乱軍と連絡をとりあい、それでモンゴール反乱軍のこの小僧を、ノスフェラスに迎え入れることにしたんだろう？　そのために——あんたは、それを迎えにあそこに、あのケス河のほとりまで出てきていたんだろう？」

「違う」

叫んだのはハラスだった。

「違う。陛下は、そんな——」

「黙ってろといってるだろう。てめえには何も聞きたいことなんかねえんだ、俺は」

イシュトヴァーンは冷ややかに云うなり、また、まったく同じところを正確に狙って鞭を打ちおろした。ハラスは今度はもんどりうって地面にくずおれた。そして、二度の打撃でかなりひどく右足をいためてしまったらしく、うしろから「立て！」と怒鳴られてつりあげられても、右足を地面につくことも、身をおこすこともできなかった。ハラスをおさえていた騎士は舌打ちをして、ハラスのえりがみをつかんでおさえつけた。

「どうなんだ、グイン。答えろよ」

「だから、そうではないと云っている」

グインは、むしろ苛立たしげに答えた。

「そうではないからそうではないといっているのだが、それを信じてもらえぬとあらば、俺にはどうするすべもない。その若者をいためつけるにも及ぶまい。俺を打擲してみたらどうだ。だが、俺は真実しか言っておらぬので、お前の気に入るような返答をすることは出来んぞ」

「俺の気に入るために返事をするわけじゃねえさ。本当のことを云えばいいんだ」

イシュトヴァーンは荒々しく答えた。

「じゃあ、云えよ。ノスフェラスで何をしてたんだ。けっこう、長い時間じゃねえか——云ってみろよ」

「では云おう。だがお前は信じないだろう」

「信じるさ、本当のことならな」

「俺は、ノスフェラスで病を得た。そして、セムの村で手厚い看病を受けていた。だがようやく病いえたので、一刻もはやくケイロニアに戻るために、旅立ったところだった」

グインは一言一言はっきりと区切りながら云った。

「もっと上流でケス河を渡ればいいとお前はいう。俺は、そうすることができなかった。というより、ケス河を渡りあぐねていた。ケス河のこちら側ならば、船やイカダにする木々もある。だがノスフェラスにはそれもない。――そして、ケス河を泳ぎ渡るということはさしもの俺にも出来ぬ。それゆえ、俺は、しだいにケス河にそって下りながら、あるいは河口のあたりまで町を探してゆくほかはないのだろうかと思いはじめていたところだったのだ」

「へええ。本当かね」

イシュトヴァーンは見るからに信じていないぞ、といいたげな鼻息をもらし、にやりと笑った。

「思い出したが、あんたはたいそう口がうまいからな。それにだまされるとばかをみる。そうさ、あんたは見かけはいかにもとつとつと、口下手に見えるくせに、実は舌先三寸でドールだってだましちまうほど口がうめえんだ。それに俺もだまされたことが何回かあったよ」

「だから云っただろう。本当のことを云っても、信じないのだったら、本当のことをいおうが、そうでなかろうが同じことだと」

皮肉なひびきをこめながら、グインは云った。

「俺はモンゴール反乱軍についてはまったく知らなかったし、そのハラスという少年とも初対面だ。そしてまた、ケス河で、いざこざを見つけ、そこに割って入ったときには、それが、モンゴール反乱軍の首領と、ゴーラ軍とのあいだに起きているものだとさえも知らなかった。さきにもいった——俺はただ、少数の、女子供と負傷者とを連れた青年たちが、むざんに多人数の軍勢に惨殺されようとしているのを見ただけだったと」

「多人数だ、少人数だって、うるせえな、さっきから。こいつはそれだけのことをしたんだ」

イシュトヴァーンは、いきなり怒りがこみあげてきたように、鞭をふりあげた。ハラスは勇敢にも、あえてよけようとする素振りもみせずに歯を食いしばって、またしても残酷に同じ場所に振り下ろされた鞭をうけたが、三度目の打撃はかなり骨身にこたえたと見えて、今度の悲鳴は激しかった。血が、布地を破ってほとばしり出て、膝のまわりを赤くそめた。

「このくそガキが」

イシュトヴァーンは憎々しげに云った。

「子供に毛のはえたようなはなたれ小僧のくせに、反乱軍の首領だなんだと気取りやがって。そんな気取るのは、あと十年たってからにしろ。てめえに何がわかる、このはなたれ」

「反乱軍をひきいて立ったときから、もとより命はない覚悟だ！」

ハラスは言い返した。

「グイン陛下には関係ない。モンゴール反乱軍は、ケイロニアの援助など、受けるすべもない、受けてもいない。陛下に言いがかりをつけるのはやめてもらおう、イシュトヴァーン王」

「このガキ。口のききようをしつけてやろうか。イシュトヴァーン陛下といいやがれ。てめえは投降した捕虜なんだ」

イシュトヴァーンはいきなり、重たい長靴をはいた足をあげて、ハラスの腹を蹴りつけた。ハラスがぐっと呻いて身をふたつに折って倒れる。その腰を、イシュトヴァーンはぐいと踏みつけた。そして、その背中にむかってまたひと鞭、ふた鞭をあびせた。ハラスの唇から苦痛の悲鳴がもれる。小姓たちも、マルコも、あいまいな顔をしておもてを伏せていた。うかつにイシュトヴァーンの怒りの発作をとがめだてたり、おさえようとでもしようものなら、ただちにその発作はこんどは自分に向けられることも経験上わかっていたし、また、どちらにせよ、ゴーラ軍にとっては、こうした暴行はべつだん珍しいことでも、とがめだてられることでも、野蛮な行為でもなかったのだ。

「その少年をいためつけたら、俺がなんらかの反応をするかと思うのなら、無駄なことだぞ、イシュトヴァーン」

グインは落ち着いて云った。グインもまた、だが、この場のなりゆきにさして心を動かされているようでもなかった。

「反乱軍をひきいて立つからには、当人のいうとおりそれなりの覚悟も根性もあっての筈だし、それに、むげに殺されるのをこそ、気の毒だと思って介入したが、だからといって、彼と俺とは基本的には無関係なのはただの事実だ。俺は、無関係な人間を拷問すれば、それを気の毒だと思ってお前の都合のいいような嘘をついてやるほど親切でも人道的でもないぞ」

「嘘をつけなんて、誰がいった」

荒々しくイシュトヴァーンは云った。

「俺は云ってるんだ。本当のことを云えってな」

「だが俺が本当のことをいかにくりかえしたところで、お前がそれを本当だと信じることができぬのなら、同じことだ。お前は、もし俺が、ケイロニアを代表し、モンゴール反乱軍と手をくんでゴーラをつぶすために、俺がノスフェラスに潜入していたのだ、といったら、信じるのか？　それならば、まさしく本当だと思うか？　俺がさっき言ったことと、その話は、何の証拠もない、という点ではどちらも少しもかわらないのだぞ。ただ、結局のところ、どちらの話をお前が信じたいと思うかどうか、というだけのことにすぎん」

「えい、理屈っぽいやつだな。相変わらず」

イシュトヴァーンは云った。そして、目をぎらつかせてグインをにらみすえた。

「本当のことなら、俺が本当だとわかるさ。それに、少なくとも、あんたを痛め付けるのはもうちょっと――そうだな、もうちょっと状況がかわってからにしないと具合が悪いだろうが、この小僧なんか、この場でひねりつぶそうが、どうしようが、誰も気になんかしやしねえ。もし、あんたが気にするとしたら、それは、あんたがいまいったごたくとはうらはらに、モンゴール反乱軍となんらかのつながりがあるからだろうし――そうでなけりゃ、俺が――こうしても気にしねえってことだよな。なあ」

イシュトヴァーンは、軍靴をあげた。

さきほどおのれが鞭打って傷つけた、ハラスの膝の上の傷のあたりをねらって、ぐいとその靴さきをめりこませた。ハラスがつぶれたような声でうめいた。が、必死に唇をかみしめて、悲鳴をかみ殺そうとする。イシュトヴァーンは、靴先をぐいぐいと傷口にねじこんだ。

「まったく無関係なら、どんな目にあってたって、気にならねえんだろ。そうなんだろう」

「……………」

「それとも、人道上の見地、ってやつから、とめに入るか？　あんたは、もとから、その、人道上のなんたらってのは、ねえわけじゃなかったもんなあ。非情なようなふりをしてるくせにさあ」

イシュトヴァーンはぐいと靴をひきぬき、その靴でハラスを蹴りはなした。ハラスは苦痛のあまりぐったりとその場にくずおれ、かすかに呻いているばかりになった。それを、嫌悪の目で見下ろして、イシュトヴァーンはやにわに腰にさしこんでいた、グインの剣をひきぬいた。

「それにあんたはそもそも、こいつが殺されかけてるのをみて、飛び込んできたんだ。なんぼあんたでも、五千人の軍勢に対して、単身で立ち向かってなんとかなるってほど鬼神ではないだろう。だけどあんたは、あえて飛び込んできた。見殺しに出来なかったにしても、人道的すぎるぜ、グイン。——だったら、ここで俺がこいつを殺すっていったらどうするんだ。——あ、念のためにいっとくが、ここで暴れ出そうったって無駄だぜ。あっちにまだ、こいつの仲間が十人がとこ、おさえてあるんだからな。もし、ここで何かあったらただちにそいつらを斬り殺せって、前もって命じてある。あんたがここで暴れ出したら、その、あんたが助けようとした健気な若者たちってやつを全員、逆にあんたのせいで殺すことになるぜ」

グインは黙っていた。

イシュトヴァーンは、剣をかるくふり、そして、ハラスの髪の毛をひっつかんで、ひきずりおこした。ハラスの顔は泥と血と苦痛の涙に汚れ、ひきゆがんでいた。そののどもとに、イシュトヴァーンは、無造作に剣さきをさしつけた。

「グイン、べつだんこれは脅迫でもなけりゃ、まあ、拷問でもねえ——と思うね。俺は、とにかく信じられるものが欲しいんだ。本当のことが知りてえだけなんだ。——頼むから、本当のことを云ってくれ。俺はこいつを殺したとこで面白くもおかしくもねえし、どちらかといえば、こいつをトーラスに連行して、いろいろとウラの関係を吐かせたり、仲間の名前を全部聞き出したりした揚句に、ちゃんとみせしめになるように公開処刑してえんだ——それまで、こいつを生かしておかなくちゃいけねえんだよな、ゴーラ王としてはな。——なんだよ。何がおかしいんだよ。いまあんたは、なんだかすごくひとをばかにしたようなうすら笑いをしたぜ」

「ゴーラ王か、と思っただけだ」

グインは苦笑して答えた。

「お前の云っていることや、やっていることは、どちらかというと、ゴーラ王というよりは、あらくれた盗賊の手口のほうに近いと思うが、と思っただけのことだ。ヴァラキアのイシュトヴァーン。いや——ゴーラ王イシュトヴァーン、かな」

「ほっとけよ。お前にいわれるすじはねえ。しょせん俺は赤い街道の盗賊なんだ。一生そうだろうさ——そいでもって、レントの海の海賊でな。……それが悪いか。俺は、けっこう、そのときだけが、俺の本当だったような気がしてるんだぜ」

イシュトヴァーンは、うしろの騎士たちに合図した。

「おい。この餓鬼をうしろからひきずりおこせ」

「かしこまりました」

騎士たちは二人がかりでハラスをかかえおこした。そして、両側から支えて立たせた。ハラスはもう、ほとんど右足が用をなさなくなっていたので、うめきながら、つりあげられているだけであった。その顔をのぞきこみ、イシュトヴァーンは、ふんと鼻を鳴らすと、剣さきをのどもとにぴたりとさしつけた。

「どうだ。命乞いしてみるか？　お若いモンゴール反乱軍の首領どの」

イシュトヴァーンは酔った声で云った。

「お前からお願いしてみたらどうだ。グイン陛下、ケイロニアがモンゴール反乱軍のうしろだてに立っていることを、どうかイシュトヴァーン陛下に教えてあげて下さい。このままでは僕は殺されますってな。俺は本当にやるぞ」

「殺せ」

ハラスは歯を食いしばり、その食いしばった歯のあいだから押し出すようにして答えた。かなり弱ってぐったりしてはいたが、その青い目は、火をふくようにイシュトヴァーンをにらみすえていた。

「青い目……」

ふいに、イシュトヴァーンは、ぞっとしたようにその目を見つめた。

「レントの海みたいに青い――まるで……おお……まるで誰かの目を思い出させる……目をとじろ！　この糞野郎！　目をとじるんだ！」

イシュトヴァーンは、いきなり、剣を持ちかえるなり、剣の柄のさきで思い切り、ハラスの顔を打った。

おさえつけられていたハラスにはよけようもなかった。剣はまともにハラスの口をとらえ、ハラスは口から血を吐きながら前にくずおれそうになった。だが、両側からおさえつけている騎士たちの力で、倒れることも出来なかった。上体をおこすこともできずに、ハラスは口から血を地面にしたたらせながら恐しい呻き声をあげた。歯が何本か折れたらしく、血にまじって白いものが地面にこぼれおちた。

「それが、ゴーラの統治のしかたなのか、イシュトヴァーン？」

グインが静かに云った。彼は、表情ひとつ変えてはいなかった。イシュトヴァーンが血相をかえた。

4

「何だと、この野郎——」

「それが、ゴーラ王のやりかたなのか、と聞いているのだ。ゴーラ王イシュトヴァーン」

グインの声は、少しも大きくならなかったが、びんと胸に突き刺さるようなするどさを帯びていた。マルコが急に恥じ入ったかのようにこの情景からおもてをそむけた。ウー・リーは反抗的にグインをにらみつけていた。

「ああ。そうとも」

激しく、イシュトヴァーンは答えた。そして、腹いせのように、剣先を地面に激しく突き立てた。

「赤い街道の盗賊とでも、レントの海賊とでもなんとでも罵るがいい。俺はしょせんそれだけのもんだ。それが悪いか——俺は国盗りの王様だ。だが俺はてめえの力でゴーラを俺のものにした——きさまみたいに、おやじに気にいられて、娘を女房にして、それで冠をいただいた、なんていうへなちょこ野郎とはわけが違うんだ」

「……」

「落ち着き払って、俺はそういう挑発には乗らねえぞ、っていいたそうな顔だな。ええ？　グイン」

イシュトヴァーンは荒々しく言った。そして、また、剣を引き抜くと、それをそのまま、つかんでハラスに近寄り、ハラスの髪を左手でつかんで引き起こして、そののどもとにこんどは赤い線がつくくらい強く剣をつきつけた。

「何だっていい。どうせ俺はそういうもんだと思われてる、世界中からな。アムネリスだって俺をずっとそういっていた――そういう目で見ていやがったんだ。いっときはまるで、世界でただひとりの英雄みたいに崇拝してやがったくせにな。だから女なんてものは――女子供も男もみんな裏切り者だ。誰も信用できねえ」

「……」

「どうする、グイン。こいつを殺すか？　それとも本当のことを吐いてみるか？　運がよけりゃあ、俺が信じるかもしれねえぜ。云ってみろよ――こんどはどんな《本当のこと》が出てくるものか、云ってみろよ！」

「……」

「黙ってるな。強情なやつだ」

イシュトヴァーンは、ハラスのあごをつかんで顔をあげさせた。

「この海みたいに青い目をみてるとさむけがするんだ」

彼は狂おしく云った。

「この目を二つともつぶしちまってやろうか。本当はそうしたい——そうしたくて、さっきこの目を見たときから、うずうずしてたんだ。この目——マルス伯爵の目にそっくりだ。若いほうのじゃなく——マルス老伯爵のな。そうだよ、ノスフェラスで、あんたが、俺に焼き殺させたマルス老伯爵だよ」

これをきいても、ハラスはよく意味がわからなかったのか、それとも、もう、かなり痛めつけられてぐったりしていたので、そのことばをおのれの伯父の死と結びつけることが出来なかったのかも知れない。かれは、苦しそうにかすかにうめきながら、苦痛をこらえているばかりで、おのれが何をされようとしているのかもほとんど無意識のようだった。

「この目、つぶしちまってもいいか、グイン。——気に入らねえんだ。思い出すからさ——あのセムの炎の谷をよ」

「昔のことだ」

グインは低く云った。

「そんなにお前に罪悪感を持たせてしまうようなことだったとは思わなかった。すまなかったな、イシュトヴァーン」

「な――」

イシュトヴァーンは、瞬間息をのんだ。

それから、いくぶん弱々しく云った。

「なんだと。なんだって、あんたが俺にあやまるんだよ。グイン」

「お前のなかに、そんなにもいつまでも、罪の意識になって残るようなことであったのなら――俺が、お前にかわってそれをしてやればよかったな。俺ならば、おのれのなかにそういう罪の意識が残っても、べつだん耐えることはできただろうからな。――そうしているお前をみていても、あまり、どうしてだか、残虐だ、という気が俺はしてこない。それよりも、なんだか、怒りや苦しみにまかせて、昆虫の手足をもぎったり、小動物を傷つけたりしている小児を見ているようないたましい気持がするばかりだ。お前は、そうやってハラスを痛めつければ、俺がなんらか反応するだろう、と思ってやっているのかもしれないが、そうしていればいるほど、お前自身がなんだかワナにはまってゆくように俺には思われる。――なぜなら、俺が、何をいおうとお前はもう、それが《本当のこと》だとは信じられなくなってしまっているからだ。お前は、また、お前を苦しめるような――お前が本当は一番ききたくないことこそが、《本当のこと》に違いないとやみくもに信じ込もうとしているように俺には見える」

「なんだと……」

「俺が、モンゴール反乱軍と手をくみ、ケイロニアがモンゴール反乱軍のうしろだてとなってゴーラを叩きつぶすべく、ノスフェラスにやってきたのだ、と信じることは、お前には、俺が——唯一の信じられる友である俺がお前をむざんにまたしても裏切ったのだ、と思うことなのだろう。だが、俺は、そうではない、といっている。俺はモンゴール反乱軍とも手をくんでおらぬし、それどころかモンゴール反乱軍のことも知らなかった。そして、ハラスもそう断言している。反乱軍もケイロニア王がノスフェラスにいることなど知らなかった、と——すべては偶然で、そしてヤーンがいくつもの糸をひとつの場所に集めようとたくらんだかのようにケス河のほとりにあつまってきた。俺がさきほど言った、ノスフェラスで病をえてセムの地で看病されていた、というのはまったくの本当だ。俺はノスフェラスの奥ふかくわけ入ろうとして道を失い、セムに助けられた。そのときに炎熱の砂漠で俺はかなり体をいためた。——それで、動けなくなって、それで俺はずっとセム族の手厚い看護をうけていた。お前も知っているとおり、俺はノスフェラスの王なのだそうだからな。そして、ようやくからだが動かせるようになったので、俺はなんとかしてケイロニアに戻ろうと、ケス河を渡る方法を求めながら単身川沿いに下ってきた。ノスフェラスを出るについても、ゆかないで一生ノスフェラスを統治してくれ、と頼むセム族やラゴンとのあいだに、葛藤もあれば涙の別れもあった——だが、それでも、ゆかねばならぬ、という思いにかりたてられ、またノスフェラスのほかの場所、あの《グル・ヌー》をもこの目で確かめたかったがゆえに、俺はケス河を下ってきた。——これが俺のただひとつの真実だ。そこには、お前を傷つけるものは何もない。ふしぎなヤーンのめぐりあわせで、俺がケス河についたとき、ハラスがケス河を渡ろうとしており、そしてそれに追いついてきたゴーラ軍とのあいだに戦いになった。それをみて、俺は、ハラスたちの若さをむざんに思い、介入した。——そうしたら、それもまたヤーンのふしぎなおぼしめしにより、そのゴーラ軍は、ゴーラ王、旧友たるイシュトヴァーンみずからに率いられていた。——どうだ、この《真実》を、なぜ、お前が信じることが出来ないのか、そんなことはありえないと頭から思うのか、わかるか。それは、この《真実》が、ただの真実だからだ。お前は、ただの真実よりも、お前を傷つけ苦しめる、俺がお前を裏切った、というありえない話のほうを信じたいと思っているのだ。——それは、たぶん、カメロンどのについてもまったく同じ心のはたらきだろう。お前は、すでに、俺のことばが真実だと知っているのだよ、イシュトヴァーン。だが、それを真実と認めてしまうと、お前は、お前を苦しめる《辛い事実》を手にすることができない。お前は、自分を苦しめたいと無意識に願っているのだ、と俺は思う。——それが、どうしてなのか、そこまではわからぬ」

「…………」

「だが、なんとなく思うのは、お前は、怒りたいのかもしれぬ、ということだ。お前は、癇癪をおさえかねる話をしていた。――お前のなかには、なんだか、いくら戦っても、ひとを殺しても消えぬ《怒り》がいるのかもしれぬ。それが、そうやって、結局信じていたものもおのれを裏切ったではないか、という、そういう話を作っておのれをいっそう怒りにむかってかりたてようとしているのではないのかな。お前は、もしかすると、俺が信じられぬやつであったほうが、俺もまたお前を裏切ったほうが、ここちよい――というのとは違うが、ある意味、お前のなかにあるその《怒り》は嬉しいのではないのかな。それみたことか、とその《怒り》はいうのではないかな。ほら、やっぱりこいつも俺を裏切ったのだ、と――そして、怒りをぶちまけ、残酷にふるまい、殺し、血を流す。――俺はお前を裏切ってもおらぬし、ケイロニアはゴーラを叩きつぶすつもりもないのだが、それでは、お前にとってはかえって愉快でない、というか、都合が悪いのではないか？　本当はそうなってはとても困るのに、そうなってしまったほうがいっそいい、と思うものがお前の中にいるのではないか？　もしかしたら、お前は」

「うるせえ」

いきなり、イシュトヴァーンは剣を投げ捨てた。

まだ腰にさして持っていた鞭を引き抜くなり、思い切りそれをグインの胸に叩きつけた。むきだしの胸に固い鞭があたり、すさまじい音をたてた。

はっと誰もが息をのんだ。マルコはからだをこわばらせ、おもてをひきつらせた——だが、グインは身じろぎもせずにその鞭をうけた。

イシュトヴァーンは異様な目でグインを——グインと、おのれのつけた傷をにらみすえた。グインのむきだしのたくましい胸をななめに横切るようにして、ところどころ皮が裂け、血のにじむ傷ができて、みるみるみみずばれに腫れ上がってゆく。グインは、表情ひとつ変えなかった。

「うるせえ」

イシュトヴァーンはもう一度云った。だがこんどはその声は弱々しかった。

「あんたは、何様だというんだ」

彼はまるで打たれたのは自分のほうであるかのようにつぶやいた。

「偉そうにひとの気持のなかを見透かしたようなことを云いやがって。あんたなんかに何がわかるっていうんだ、ええ？　俺は——俺は、あんたなんかに——」

イシュトヴァーンはいきなり鞭を投げ捨てた。そして、いきなり力がすべて尽きてしまったかのように、ぐったりと奥の毛皮の上に身を投げ出してすわりこんだ。

「そいつらを連れてゆけ。俺の目に見えねえとこに、とっとと連れてゆくんだ。早くしろ、ばか」

彼は怒鳴った。

「それに、酒だ。酒をもってこい。それからマルコ、ちょっと肩をもめ。——なんだか、疲れた」

「かしこ——かしこまりました」

早く、とマルコが目顔で合図する。あわただしく、騎士たちが、ハラスをひきたてて出ていった——といっても、ハラスはもうまったく、なかば死んだようになっていて、自分の足で歩くことなどとてもできなかった。それを、ひきずるようにして、騎士たちが出ていったあとに、なんとなく、おそれをなしたようなうやうやしいようすで、別の騎士たちが近づいて、グインに、「あちらへ……」とおずおずしながら頭をさげた。

グインは黙ってうなづいて立ち上がり、天幕を出ていった。イシュトヴァーンは、グインの出ていったほうを、顔をあげて見ようともしなかった。

グインは、もといた敷物の上に戻された。不安そうに、彼をそこに案内した騎士が、グインの胸をのぞきこんだ。

「あのう——あの、血止めと……お薬をおもちしたほうが……？」

「かまわぬ。この程度の傷は馴れている。俺のことは気にせんでくれ。それよりも、あの少年にすまないが、ちょっと手当をしてやってもらえぬか。かなり、弱っているようだ。——明日からまた馬に乗らねばならぬのだとすると、かなり行軍にさしつかえるだろう。いや――」

グインはちょっと考えた。

「お前たちが何か手出しをすると、あとでイシュトヴァーンの怒りをかうことになるかもしれん。薬と、包帯と、それにあれば何かちょっと酒をもらえんかな。俺が彼を手当してやる分には、イシュトヴァーンも誰かに処罰を下すというわけにもゆかぬだろう」

「おそれ――おそれいります」

騎士たちは、なんとなく妙な表情でグインを見た。そして、あわててひきさがっていったが、ややあって騎士の一人が、小さな箱に塗り薬や、包帯などをもってやってきた。そして、なんとなくおそるおそる、おっかなびっくり、といったおももちでグインに差し出した。その光景だけを見ていたら、グインが虜囚であるのではなく、かれらの帝王であるのはグインなのだ、と誰もが誤解したに違いない。それほど、かれらの態度はうやうやしくなっていた。

「お持ちいたしました。グイン陛下」

「有難う。では、俺が彼を手当してやっているあいだ、すまないが、それがイシュトヴァーンに知られぬようにしておいてくれないか。でないとまたイシュトヴァーンの発作をかきたてることになるかもしれん」

「かしこまりました」

騎士はうやうやしく云った。そして、なんとなく、ひどく奇妙な表情でグインを見つめながら、ひきさがっていった。

そのあと、何人かの騎士たちが、壁を作ってくれていたので、グインは、つと、敷物の上にぐったりと横たえられたまま、半死半生になっていたハラスのかたわらに寄っていった。かれの仲間たちは、いつのまにかどこかもっと遠いところに連れ去られていて、このあたりにはまったく見あたらなかった。

「どうだ。大丈夫か？」

グインは、ハラスのかたわらに寄ると、膝をつき、そっと声をかけた。ハラスは、ぐったりとなっていたが、それがグインの声と知り、必死に身をおこそうとした。

「へ——陛下……」

「起きるな。傷が痛むだろう」

「だらし——だらしのないことで、申し訳もございませぬ……若い身でありながら……

…」

「口もきくな。苦しそうだ。まずはこれを飲むといい」

グインは、箱にいれてモンゴールの騎士がもってきた、小さな壺に入った火酒をハラスの口にふくませた。ハラスは口の傷にしみる火酒にかすかに悲鳴をあげ、ひどく苦しそうにむせたが、それを飲み干すと、いくぶんしっかりとしてきて、不自由そうに、傷ついた口でしきりとくりかえした。声も、まともに出ないくらいだったのだが。

「申し訳──ございません……陛下のお手をわずらわせるとは……」

「お前は俺の部下でも国民でもないのだから、そのようにうやうやしくするな」

グインは苦笑した。そして、そっと、箱に入っていた布でハラスの顔の泥をぬぐってやり、口もとの血をふき取ってやった。

「これはひどい」

彼は首をふった。

「痛むだろう。足もひどいことになっているが、だいぶん唇が裂けているし、歯も折れているし──唇の内側も切れているだろう。イシュトヴァーンのやつ、思い切り殴ったな。──顔が当分腫れてままならぬだろうし、口がこれだけやられると、食べるのも飲むのも大変だろうが、まあ、たぶんあとには残らぬだろう」

「申し訳──申し──」

「申し訳ございませんはもういい」

グインは苦笑した。そして、口もとをぬぐいおわると、傷薬をぬってやった。

「口のまわりだから、気持が悪いだろうが、我慢しろ。それに、口のなかには薬を塗るわけにもゆかんな。そちらは、当分我慢してもらうほかはない。まあ、若いから、すぐよくなるだろう」

「は……はい……」

「まあ、これはいわば、こんどは俺のとばっちりだからな。俺にむかってイシュトヴァーンは逆上していたのだから、ある意味俺の責任だ。——さあ、足を出してみろ。これはかなり痛むだろうが——これは酷いな。ちょっと骨が出てしまっている」

「う……」

ハラスは痛そうにうめいたが、懸命にこらえていた。グインはまた、血をぬぐってやり、火酒で消毒してやり、薬をぬって包帯をまいてやった。

「いまは、こういう状況でもあり、このくらいしかしてやれぬが……」

グインは云った。

「それでも、あのままにしておくよりはマシだろう。少し、楽になったのならいいが」

「は——はい……有難うございます……かたじけ……なく……もったいなくて……」

「おぬしは、本当に、たぐいまれなほど固いやつだな」

ちょっと苦笑してグインは云った。

「その年齢にしてもびっくりするほどだ。——それにしても、このままだと歩くに歩けんな。——目か。なるほど、お前の目は本当にノスフェラスの青空のように青い。この目がマルス伯爵を思わせたのだな。——目をえぐられなくてよかったと思わなくてはならぬかもしれん」

「は――はあ……」

「ちょっと辛いかもしれぬが、なんとかしてちょっとでも眠るといい。そうすれば、少しは――若いのだから、からだのほうが少しづつ回復してくれるだろう。そうしないと弱ってしまって、とてもルードの森を抜けてトーラスまで戻ることも――」

グインはちょっと考えた。

「そうだな。こうされてしまっては、俺とともにルードの森を脱出するというのは、ちょっとばかり無理かな。――俺も、さいぜんイシュトヴァーンと話していて、これはいよいよ、このままトーラスにゆくわけにはゆかぬかな、と思いはじめてきたところだったのだが――しかし、逃げるのはいまだといっても、こうなっては、ずっとおぬしを背負ってゆくわけにもゆかぬな」

「私は……私は……もとより……死は覚悟の上……どうぞ、おいていらして下さい。かえって……足手まといになりますから……」

口の中もひどくやられているのだろう。ハラスは、ことばもちゃんとききとれないほどだったが、なんとかはっきりと喋ろうと苦労していた。

「無理にしゃべるな。辛いだろう――それにしても、だが、このまま置いてゆけば――あのイシュトヴァーンのようすからすると、お前は相当酷い目にあわされそうだぞ。……俺は特に人道的なつもりはないが、置いておいて、そこまで酷い目にあってなぶり殺されるだろうとわかっているものを、置いていってしまうというのも、どうもあまりにも不人情な気がして落ち着かぬな」

「い……え……もう――」

「ああ、もういいから喋るな。わかった、俺が話しかけるから休めぬのだな。見ろ、もう月があんなに低くなった。夜もずいぶん深いのだ。少し休め。――明日までにせめてもうちょっとなんとか元気を出せるようにな。……俺は俺でちょっといろいろ手だてを考えてみる。それが一番よさそうだ」

グインは、ハラスの傷ついたからだの上に、そっとマントをかけてやり、そして、立ち上がっておのれの敷物のほうに戻った。

（さて……どうしたものかな……）

敷物の上に身をよこたえ、ふーっと深く吐息をついて、グインは唸った。

（ハラスを置いていってもいいが、そうするとたぶんずいぶんと酷い目にあわされそうで、それも気の毒だが――といって、ハラスを連れて逃げれば、イシュトヴァーンのあの怒りと猜疑心をいっそうあおりたてるだけだろう……そうなれば、追手のかかりかたも激烈をきわめるだろうし、それに……）

（それに、おそらく、俺がそうしたとき、イシュトヴァーンの受ける心のいたでのほうは――当人はそうとは気付かぬのだろうが……）

（おそらくは、もう——イシュトヴァーンは、完全に、誰一人信用できる人間はいないのだ、という確信から、逃れることが出来なくなってしまうだろう。一生——）

（それも気の毒だが——といって、俺も……そうだ、忘れていたが、俺も、自分自身のことをなんとか考えぬわけにはゆかぬのだったな……忘れていた）

グインは思わず苦笑した。

（忘れていた。——おのれが、記憶を失っているのだということを忘れていた……というのもおかしな話だが……イシュトヴァーンのいうことばをきいていると、ずいぶんといろいろなことを、思い出した、というより、なるほどそういうことがあったのかと——まるで新しい記憶を植え込まれたような気がしたが——だがあちこちまだ、よくわからぬところがある。……だがそれについてはあまりいま細かく考えていることもないが……）

（それにしても、ここでこうしているわけにもゆかぬ。——そのトーラスという町、そこに連れてゆかれてしまえば、いっそう脱走もしづらくなるだろうし——そこがどのあたりなのかも俺にはわからぬし——そこからどちらにどう向かえばどこにゆけるのか、とりあえず俺が目指そうと思っていたその、パロの女王リンダ、という女性のもとにはどうゆけばゆきつくのか……もっとも、イシュトヴァーンのことばでもっとも衝撃的だったのは、俺には妻がいる——シルヴィアという、ケイロニア皇帝アキレウスの息女が俺の妻である、という話だったのだが……）

（わからぬ。――俺はその女と、どのような関係だったのだろう……その名をきいていても、何も心のなかに浮かんでこぬというのはどういうことなのだろう。イシュトヴァーンとは……話をきいているうちに、やはりそんなにもえにしのあった人間だったかといちいち、腑に落ちるところもあったものだが――）

（シルヴィア）

（シルヴィア、シルヴィア――そう口に出してみてもなんのおもかげも浮かんでこぬ。――おのれの妻ともあれば、なんとかもっと絆が深く感じられそうなものだが……）

（いや、だがそれについて考えるのはもっとあとでもよい。――それより、どうしたらいいだろう。ハラスを連れて逃げるか。そしてイシュトヴァーンを、いっそうの不安と怯えと孤独とのなかに突き落とすか……それは世界そのものをも危険なことにしてしまうような気がしないでもないのだが――それとも、ハラスをあえて犠牲にするか――いや、だがどちらにせよ、ハラスを連れていってもゆかなくても、俺が逃亡した、とあればイシュトヴァーンの受けるいたでは大きいだろう。となれば、ハラスを置いていってむげにイシュトヴァーンの怒りのはけ口に惨殺させるというのもあまりに気の毒だな……だが……）

グインは、しきりと考えにふけり続けていた。

いつのまにか夜はすっかりふけ、深更をまわっている。遠くでまたグールがぶきみな声で吠えた。

第三話　グールの森を越えて

1

しんしんと、ルードの森の夜が更けてゆく。

もとより、文明の巷を遠くはなれた人跡未踏の地、どこまでも続く深い深い密林にはあやしの異形の魑魅魍魎、妖怪たちが巣くっている——と、はるか中原の中心部では伝説の地扱いされている謎めいたルードの大森林である。いまだかつて人の手の入ったためしのない大密林が、広大な地域にわたってひろがり、その森の深さゆえにさらにいっそう、その奥には謎ばかりが隠されていると想像もあいまって恐れられる。

いったんは北方、そしてノスフェラスまでの領域の開拓に野望を燃やした新興国家モンゴールが、ほそぼそとながら赤い街道を切り開き、森のなかにひとすじの道を通して、ケス河を見下ろすスタフォロス城を、おのが領土の北の守りのかなめとして建設するにいたった。だが、その地に派遣される辺境警備隊——ほかにも、ツーリード、タロス、アルヴォンなどの辺境を守る砦もあった——はその細い街道を通って行き来することになろうとも、モンゴールの往時の領主ヴラド・モンゴールが望んだように、その辺境の砦へと往来する商人や民間人たちによって、街道筋がひらかれ、栄え、そしてにぎわう、というようなことにはついにいたらず——そうなるためには、あまりにも、ルードの森は深く、あやしすぎたのだ。そして、やがてスタフォロス城がケス河を押し渡って攻め寄せてきたセム族の奇襲により、焼亡したのちには、ツーリードやタロスの砦はほそぼそと続いてはいたものの、スタフォロスへの街道は放置されるままにくちはてた。

密林の木々、草々の生命力は異様なまでに強い。——いくばくもなく、せっかく辺境警備隊が困難をこえて切り開いた赤い街道はおいしげるツタや勝手ほうだいにのびてくる木々におおいつくされ、どこがもとの街道であったのかさえ、足もとを掘り返して赤いレンガのかけらが出てきたことでそれとかろうじて知られるばかり——木々のすきまさえも残さぬ、もとの密林となりはてた。また、モンゴールはスタフォロス城を放棄したが、そのほかの、ツーリード、アルヴォン、タロス、といった辺境の砦も、その後、モンゴールそのものが、黒竜戦役のむざんな敗北により、クム-パロ連合軍の征服するところとなって、ヴラド大公の唯一の息女アムネリス公女もクムに連れ去られ——そして、そののちに、いずくからあらわれたとも知れぬ謎めいた若き梟雄、ヴァラキアのイシュトヴァーンがそのアムネリス公女を救出し、モンゴールを取り戻し、そしてさらにまた、そのイシュトヴァーンの裏切りによって、モンゴールがイシュトヴァーン・ゴーラの支配下におかれるようになってゆく、というすさまじいまでの激動と変転の過程のなかで、すっかり生彩を失い、忘れ去られた。

もとより辺境警備隊は、志願した傭兵と、そしてモンゴールの、強制的に徴集された兵役義務の兵士たちによって構成されている。なかにはひっそりとこのような地のはての辺境に身を隠したいいわれやうしろぐらいところのある者も多くいたとしても、やがて、そうしたものたちさえも、モンゴールの危機にさいしてほとんどは首都トーラスや、それ以外の戦場に呼び戻され、転戦を命じられ——それきり、二度とは辺境警備隊に戻ってこなかったもののほうがはるかに多い。

そして、内乱と征服と侵略のはざまでぼろぼろになって壊滅状態になっていったモンゴールには、あらたな辺境警備隊をさしむけようなどというゆとりがあるわけも、そのような関心があろうはずもなく——いまとなっては、廃墟となったスタフォロス城址に続いて、タロス砦も、スタフォロスなきあとはモンゴール最北端のアルヴォンの砦も放棄され、ただもっともモンゴール領としてはケス河口に近い、ツーリードの砦、トーラスへの玄関口ともいえるタルフォの砦だけがかろうじて機能する程度に兵が残されている。それらの兵は、モンゴールの危機にさいして、呼び戻されずに辺境警備を続けるよう命じられた、というよりは、むしろ、そのようなところへまで援軍を依頼して、わずかばかりの辺境警備隊をあてにすることさえむなしいと放置された、といったほうが正しい。

それゆえ、いまとなっては、またルードの森はほとんど、かつての——モンゴールの若き建国大公ヴラド・モンゴールが情熱を燃やして、この誰も住まぬ大密林、あやしい怪物やここにしかおらぬ謎めいた毒蛇や毒虫、ぞっとするような猛獣や怪生物ばかりのルードの森をおのが領土にふさわしかるべき沃土となそう、と開拓の斧を入れる以前の、人跡未踏の樹海に戻りつつある。

その彼方にケス河をへだててノスフェラス砂漠、この世界でもっとも謎めいた地域とされるノスフェラス砂漠をのぞんでいるためか、そのノスフェラスから飛来するさまざまな魔の気の影響を受けてか、ルードの森は、ことさら、ほかの広大な密林地帯——たとえばナタールの森林地帯だの、またダネイン湿原の北方の高山の森々——にはない、奇怪な生物相をもっている、とよく云われる。どの地域の森でも、それぞれに、人によって切り開かれぬほど深い森となると、その中にいったい何をひそめているのか、どのような謎と恐怖を隠しているのかと、さまざまに想像をたくましくされ、また、そうした想像にふさわしく、それぞれの森にはそれぞれのあやしい謎や秘密が隠されているのがつねであるが、ルードの森に関しては、それどころではない。

そこはむしろ、妖魔たちの領土であるといわれる《黄昏の国》——トワイライト・ゾーンの、この世への突端、手がかりであるかのように、なかば以上は妖魅の領域であるとされているのだ。ノスフェラスのように、理由があって、突然変異をとげてしまった、ノスフェラスにしかない怪生物がはびこっているから、というわけではない。むしろ逆だ。ルードには、これまで、中原の、文明圏、人間たちの生活圏に巣くっていて、そして文明の発達とともにそこで生きることをゆるされず、どんどん暗がりへと追い払われていった古いあやしい生物たちが、すべて逃げ込んでゆき、そしてようやくそこに身を隠すべき暗がりを発見して、そこを第二の故郷としてはびこり放題にはびこったのだ、といわれている。

ルードには、行き場を失った死者の魂、うらみをのんで、ドールの黄泉へすらゆくすべを失った怨霊や死霊のすべてが逃げ込んでいる、といわれる。そして、その怨念をくらって生きる、ぶきみなグール——《屍食い》と呼ばれる、半人半妖とも、獣ともつかぬ怪物、長くやせこけた四肢に長い毛をはやし、衣服もまとわず、長いツメで生きながら獲物をひきさき、血肉をすすりくらう怪物どもこそが、ルードの森の主たる住人なのだ、と。

そのグールについても吟遊詩人たちはさまざまな伝説をとなえる。もともとはかれらはごくふつうの人間、ただ、身分いやしく、貧しい、教養を得るすべも機会とても与えられぬ最下層の、定住することをも得ぬ流浪の民のひとむれであった、と。そして、そのグールたちのなかには犯罪者や、それにさらわれた女、あるいはまた、自らすすんでそこに身を投じた行き場のない娼婦、はては追われて逃げ込んできた罪人など、実にさまざまな《人間の屑》が加わってきたと。

そして、もとはもっとずっと中原のまんなかよりのあたりの自由国境地帯に住んでいたそれらの民のうち、追われて迫害にあい、生きのびるために深いルードの森に逃げ込んだものたちが、まったく食物を得ることもできず、またおそいくる森のオオカミや肉食の鳥、獣、毒蛇、また吸血ヅタなどのルード特有の狂暴で危険な生物たちに襲われてみるみる減っていった。恐怖にかられ、ついには狂ってしまい、みずからが《ひと》であった、文明のちまたのひとの子であったということさえ忘れはてた、狂ったかれらは食べるものとてもないままルードの森の最奥の洞窟に身をかくし、そこで怯えながら、飢えに狂ってついには仲間の死体をくらって生き延びた。そうして人肉の味を覚えたグールは、こんどは、生きた人間をもくらおうと仲間どうし凄惨なくらいあいの地獄に落ちてゆき——ついには、人間のすがたをしたものを追い求めてくらう食人鬼へと堕ちた。そのような地獄のなかでさえ、交わって子を生み、それを守り育てるものはいた。そうして、いつしかに、同じ人間から発したのでありながら、神に呪われた、人食い、屍食いとなったグールの一族は、ルードの森をおのれの唯一のすみかとこころえ、ことばも失い、おのれがひとであったのだという歴史をも忘れはて、そしてルードの森にすっかり適応した、服もまとわず、寒さをしのぐ長い毛をからだじゅうにはやし、いやなにおいをさせ、夜中に夜泣き妖精のようなあやしい声で泣き叫ぶ、人間の亜種、ぶきみな人食いの怪物となっていったのだ、と。

もとよりその吟遊詩人の物語のどれほどがまことであるのか、誰も知るものはありはせぬ。しかし、そうとでも考えなくては、あまりにもひとに近くありながら、しかもひととは似ても似つかぬ怪物である《ルードの森のグール》という存在を、ひとびとは説明することが出来なかったのだろう。それほどに、グールという存在は、ルードの森について知るものの心胆を寒からしめる、根源的な恐怖と畏怖とに突き落とすようなぶきみで絶望的な醜い、そして不幸な存在であるのだ。

いったいルードの森の深い木々のなかに、どのくらいの数のグールがひそんで群をなしているのか、それが何か家やすみかや村落のようなものをでも作っているのか——そんなことはとうてい知っているものなどいようはずもない。そこまで、深くルードの森にわけいってしかも無事に戻ってこられるのは、大人数の武装した軍勢だけで、そしていささかの知能はあるらしいグールの群は、そういう大人数の、武装した軍勢には、よほどおびやかされぬ限り、決して襲い掛かってこないからだ。それでいうなら、ハラスたちの小さな部隊がなんとかしてルードの森をぬけることが出来たというのは、まさに僥倖と、そしてハラスのいうとおり、森に詳しい山住みの仲間がいたから、というだけの幸運のたまものであっただろう。

グールと《死霊》とよばれているさらにあやしい怪物との根本的な違いについて知るものも少ない。みな、ルードの森はすべての、ドールの黄泉にゆけぬ死霊がすまっているのだ、と決めつけてすましているが、それがまことかどうか、などということについて調査してみようと思ったものなど、いまだかつていたためしとてもないのである。そのようなことを調査できるとしたら、それは偉大な学者にして魔道師であるような支配者が命令を下し、大量の資金を投資して、膨大な数の魔道師を調査のために派遣した場合だけだろうが、いまだかつていかなる王国にも、そのようなことを計画した酔狂な者はひとりとして存在しなかったのだから。

だが、それゆえ、ルードの森はいまだに、グールと死霊と、そしてあまたのおびただしいぶきみな生物、毒ある生物どもの跳梁する謎めいた未踏の樹海として、神秘な地位を保っていられるのであった。

夜ともなれば、バサバサバサ――という、すさまじい鳥の羽音におどろかされ、そして、草むらのあいだをぬけてゆく蛇のあやしく赤く光る目におびやかされる。ふいに、ぞっとするような声をたてて、ごく近くで夜泣き鳥が啼く。そして、あきらかにグールのものとおぼしい、ぶきみな青く光る目が、木々のあいだからじっと、この地獄の聖域に足を踏み入れる無謀な人間どもを見守るのである。

そのぶきみな夜の光景は、すでにそれに馴れてもおれば、また、かがり火をたいて大勢で屈強の軍勢がこうしてよりそっているかぎり、グールのえじきとなることはないのだ、とわかっているゴーラの兵士たちをさえおびやかさずにはおかなかった。かれらはすでにこの恐しいルードの森を何日も行軍もしてきていたし、またもともと、モンゴールとてもゴーラ領である。ゴーラ兵士のなかにはモンゴール出身の親戚をもつものや、血筋のうちにモンゴールの血の濃いものもいる。また、そうでなくとも、旧ユラニア領も多少はルードの大森林地域とかかわりをもっておらぬわけではない。ユラ山系をはさんで、スタフォロス城址から、ユラニアの最辺境の砦ユディトーまでは、いたって近いし、ユディトーから西はナタール大森林、東はルード大森林、というようなわけかたをする学者もいるのである。――もっとも、ナタール大森林は、ルードよりもずっと広大でさらに奥深く底知れぬ森林地帯であるにもかかわらず、ルード大森林のほうが、ずっとぶきみ、かつ恐しい危険をはらんだ樹海として知れ渡っている。むろんナタール大森林とても、いったん迷い込んだら二度と出られぬ死の樹海、と呼ばれている部分もあるのだが、そのなかには、《沼人》《湖人》《森人》などと呼ばれるいくつかの謎の部族が平和な小さな国をつくって独自の歴史をいとなんでいる、ともいわれる。もっともじっさいには、ナタールの本当のすがたを知るものもまた、ほとんどいない。

それにもかかわらず、ナタールの大森林よりルードの大森林のほうがぶきみだ、恐しい、危険だ、といわれるのは、やはり、そうした《沼人》や《森人》たちはひっそりと隠れ住んで決して人前にすがたをあらわさないが、ルードの森のグールのほうは、確実に、夜闇にまぎれてはぐれてしまった人間を襲って森の奥にひきこみ、とってくらう、という恐しい事実が知れ渡っているからだろう。《人食い》ということばが、ルードの森にはあやしくついてまわっているのだ。

（ウォォォォーーーン）

遠く、かすかにぶきみな、いいようもなくぶきみななにものかの吠え声がひびいてくるたびごとに、ゴーラの若い兵士たちはぶるっと身をふるわせた。なかには、パロへの長い長い遠征から、いったんようやく待望のアルセイス、イシュタールのふるさとへ戻ったものの、座をあたためるいとまもなく、ただちにこのモンゴール遠征に応じてついてきたものたちもいる。そしてゴーラ兵の大半はとても若い。まだ二十五、六にもならぬ、いや、二十歳前後のものがほとんどなのだ。

（なんて、恐しい声だ）

（ここは、なんてところなんだろう）

（帰りたいな――アルセイスへ、ふるさとへ帰りたい）

いったんそう口に出してしまったら、なにかが砕け散るかもしれぬし、それに、かれらは、イシュトヴァーンに心酔している。

たとえ、世界中から殺人王の、流血王の、殺人鬼の、といった悪名をあびせかけられ、憎まれ、後ろ指をさされ、モンゴールの怨嗟を一身に集めているとしても、長い遠征をともにしているゴーラの若い兵士たちは、もっと身近にイシュトヴァーンの人間としての貌を知り、逆にその癇癪も不安定さも気まぐれも、だがその勇猛さも率直さも気さくさも知っている。だからこそ、かれらは、（本当にイシュトヴァーン陛下を理解しているのは俺たちゴーラの騎士団だけなんだ……）という熱烈な崇拝と気負いとをもって、どこまでもイシュトヴァーンに付き従ってきたのだ。

そして、ついにこのようなはるかな異郷までもたどりついてしまった。――それでも悔いることもなく、かれらは、たとえこのはるかなルードの死霊の森で斃れるとも悔いはなし、という思いひとつを抱いて、どこまでもイシュトヴァーンに付き従ってきているのだ。

しかしこうして、ひっそりと静まりかえったルードの森の真夜中に、眠られぬままに目を見開き、身をよせあって、グールか死霊かもわからぬぶきみな叫び声をきいていると、いいようもないこころもとなさ、恐ろしさがかれらの胸をひたしてくるのは当然であっただろう。

（ああ――こんなところまで、きてしまった……）

それでも、ケス河をこえてノスフェラスへまでもハラスを追ってゆく、と断言したイシュトヴァーンである。そうせずにすんで、ともかくもケス河の手前でハラスを——そしてはからずもグインをも、とらえることが出来たのは、まだしも幸運というべきだったかもしれぬ。

だが、そうは思ってみても、やはりこの夜のぶきみさはひたひたと、すべての若いゴーラ兵たちの胸をさしてくるのだった。かれらは、（危険だから、なるべくあかりからはなれぬように。隊列をはなれて、一人で行動することを、決してせぬように——）などと、注意される必要などまったくありはしなかった。かれらのうち誰ひとりとして、ただひとつおのれを正気のうちにつなぎとめてくれるものである仲間のかたわらから、はなれようとするもの、はなれたいものなどありはしなかったのだから。かれらは、小用にたつときでさえ、何人かで恥ずかしげもなく顔をみあってうなづいて手をつなぎあってちょっとはなれた木陰にゆき、身をよせあって用をたした。そうでなければ、ふっと気付いたらグールに森深くひきいれられ、そして、恐しい絶叫をあげながら、誰にも知られぬままに生きながらむさぼり食われる最期が待っている——という恐怖がかれらをとらえてしまっていた。同じ兵士として、勇猛に戦って果てるのならばまだしも、そんなむざんにも惨めな最期をとげたいと思うものなど、誰一人としておらぬ。

ゴーラの兵士たちが落ち着かぬ夜を過ごしている、その同じ夜営の一個所で、グインはしかし、一見はいかにも泰然自若として目をとじ、座ったまま、微動だにせずにいた。

しだいに夜がふけてゆく。それにしたがって、ルードの森はぶきみに活発になってゆく。死霊たちの（おーん。おおーん）という得体のしれぬ、うめきとも泣き声ともうらみの声ともなんともつかぬ声、グールのものかと思われる低いうめきやフッフッという鼻息や、ぶきみな笑い声のようなもの――あるいはそれは、ワライオオカミであったかもしれぬが――それに、ほかの夜泣き鳥やら虫やらの声々がひそかにおこってはやみ、やんではおこるその中で、グインは、眠っているのか、そうでないのか、誰にもわからぬていで、じっと座ってマントをからだにまきつけている。ルードの森は夜がふけるにしたがってしんしんと冷えてくる。グインはかがり火からはこころもち離れて座っていたので、いっそう夜気が忍び寄ってくる。だが、それにも、グインはまったく身をふるわせたり、寒さを訴えるようすもなかった。

その、まるで動かぬ彫像のようなグインのすがたに、しだいに兵士たちも見慣れて、気にしなくなってきていた。グインという男は、ほんの一瞬で、とてつもない存在感を周囲いったいに圧倒的にまきちらすことも出来たかわりに、おのれでそうあろうと望むと、じっと息をころして、まったく空気のように周囲にとけこんでしまう、ということも可能だったのだ。

グインを見張る役目の兵士たちもいたが、かれらも、やがて夜がふけるにつれて、この状況に馴れてきて、落ち着いてきて、あまりグインをじろじろと見つめ続けていないようになってきていた。グインのかたわらに、敷物をしき、マントをかけてもらって横たわっているハラスのほうは、傷がいたむらしく、最初のうち低くこらえきれずに呻いたり、苦しそうな息をもらしたりしていたが、そのうち、ようやくグインの手当してやった薬が作用してきたのか、力つきたのか、眠ったらしく、苦しそうだが規則正しい寝息が聞こえてきていた。ハラスの仲間たちは、もっとはなれたほうへ連れ去られたきり、グインたちからは見えない場所にいるらしい。

(王——さま。王さま)

グインは、低い——ずっと待っていたその心話が聞こえてきたときにも、まったく、表面的には動揺したり、何かあったとまわりに感じさせるような動きなど見せもしなかった。

(王さま——聞こえるかい。あたしだよ。ザザだよ。王さま)

(ああ。聞こえている——こうして、念じていれば、読みとれるのか)

(ああ、それで大丈夫だよ、あんた、念が人一倍強いから。……どうしたの。なんか、あんたがずっとあたしを呼んでる、という強い感じがしていたんだが……なにせ、遠いし、ルードの森だしさ——あたしもしばらくはあんたを注意して見守っていなくっちゃあとは思ってはいたんだが、もういいというしさ。それで、いったん黄昏の国に——あたしの領土に戻っていたんだよ)

(すまないことをしたな。もう、お前たちをわずらわせるつもりではなかったのだが——ウーラも帰っていったのか)

(ああ、ウーラは自分の縄張りに戻っていったさね。王さま、あんた、いま、ルードの森のどのあたりにいるんだい。なんだか、あんたのほうに思いを向けようとすると、ものすごい邪気を感じるよ——ずいぶん、ルードのまんなか近くか、奥深くに入っていってるだろう)

(さあ、ここがどのあたりかは俺にはさっぱりわからぬ。——ザザ、俺はずっとお前にむけて思念をこらしていた。お前がどうやってか、それに気付いて、俺と連絡をとろうとしてくれぬかと、ずっと念じていたのだ)

(ああ、それでか。——うん、もうわかったよ。あたしは、いまはまだケス河の向こうにいるけど、なるべくルードに近いところにきて、あんたのほうに《気》を澄ませているのさ。どうしたの。なんか、あたしの助けが必要なんだね。——なんでもいっておくれ、あたしはあんたを助けたいんだから)

(そういってもらうとかたじけない。——だが、お前は、黄昏の国の住人なので、ルードの森にはルードの森のおきてがあるので、このあたりにまでは入り込めぬ、といっていたようだったな)

(ああ、まあね。というか、ルードの死霊どもの世界にはね。べつだん、ルードの森に入れないってことはないよ。どこにゆくんだってあたしの自由なんだからね。ただ、あたしがルードの森に入ってゆくと、よそものがきた、それも黄昏の国の大ガラスのザザがきた、ってことが、ルードの死霊どもや怨霊ども、魑魅魍魎どもにまるわかりだから、きゃつらが大さわぎをはじめる。ルードにはあたしの知ってる限りじゃあ、そんなにすごい邪悪な魔物なんかはひそんでないが――もっともあたしが知ってたころの話だけだがね――でも小者のうるさいやつらも山てこ住んでいる。あたしがルードに入り込むと、そいつらがどんどん集まってきて、逆にえらくうるさいことになるだろうって、あたしはそう思ったのさ）

（ずっと、とは云わぬ。――ちょっとだけ、俺を手伝ってくれるわけにはゆかぬか。ちょっと困ってしまっているのだ）

（そりゃもうもちろんじゃないか。そんな他人行儀なことをいうことはないよ、あんたの女のザザなんだからね。そんな、頼むなんていわないで、おい、ザザ、こうしろっていえばいいだけなんだよ）

（ウーラの力をも借りなくてはならぬと思うのだが）

（ウーラね。――ウーラのほうが、あたしよりも、現世に近い分、いっそうルードのワライオオカミや、シビトオオカミどもとのやりとりが難しいかもしれないけど……何をさせたいんだい、ウーラに）

(ザザ、お前には、俺がいまとらわれているこの陣中から抜け出すための目くらましを頼みたい。そのための方策は俺がちょっと考えてみる。そして、そのときに、このままここに置き去りにしたらかなり酷い目にあわされるだろうと思われる連中がいるのだ。それを、助け出して、ケス河のほとりまで送っていってやってほしいのだ。ただ、そのうちのひとりはひどい怪我をしていて、動くに動けない。それでウーラの力が必要になってくるのではないかと思う、そういうわけなのだな)

2

（なるほど）

ザザは飲み込みが早かった。

（そういうことなら――ウーラを呼んで、その怪我人とその仲間ってのを運ばせ、あたしが王さまのためになんか騒ぎをおこして目をひきつけて、いま王さまをとらまえてる連中の目くらましをすればいいってわけだね。そのくらいならお安い御用だし、そのくらいで、そのままケス河の向こうに戻っていいんだったら、べつだんルードの妖怪どもとのあいだに、縄張りがどうのこうのって争いになるようなこともないはずだよ。ただ、ウーラのほうが……王さまはともかくそっちは普通の人間たちなんだろう。それをどうやって納得させて、ウーラについてこさせるか、それは王さまがやってくれるんだろうね。ウーラはあたしと違って弁がたたないし、普通の人間あいてに心話も使わないからね）

（それはもちろん俺がうまくとりつくろうし、ウーラにはただ、馬に化けておいてもらって、怪我人をのせて、そしてルードの森をケス河のほとりまで抜けて走ってもらえばそれでいい。そこに、その怪我人が指導者をしている仲間たちがとりのこされている。女子供と、そちらにも負傷者がいるので、たぶん、この夜のなかではたいへん危険な目にあっているか、あるいはかれらはルードの森そのものは出てケス河のほとりにいたはずなので、そこまではルードの森の危険なものの手は及ばないかもしれないが、そのかわり、かれら自身がかなり無力な、しかも指導者を失った連中だから、それが絶望しておろかなふるまいをしでかしたりしていなければいいが、と思う——もっともケス河を先に渡ってしまっていたものたちが何人かいたので、その者達は一応屈強の男たちだった。それが戻ってその負傷者と女子供を助け、守ってやったり、あるいはうまくすればケス河を渡らせてなんとかノスフェラスの対岸についているかもしれないが——これはなんともいえん）

（あはあ、王さまのいってるのは、あの、ウーラとあたしがちょこっと手伝いをした、王さまが飛び込んで助けてやったあの難民たちみたいな連中のことだね？）

ザザは納得がいったふうだった。

（なるほど、あいつらならなかなかどうしてるか心配なものがあるかもしれないね。ずいぶんひよわそうな連中だったものね。よくまあここまでルードの森を無事に抜けてきたもんだと感心するくらいにさ。まあいいや、それじゃ、あたしが、とりあえずウーラを呼んできたら、ウーラにどうしたらいいんだか教えてやっておくれよ。そうして、王さまを逃がすためにあたしが何をしたらいいのか、教えておくれな）

（わかった。もう、これですっかり面倒をかけるのはおしまいだと思っていたのに、また結局手をわずらわすことになって、すまぬな）

（だから、そんな面倒な、っていうか他人行儀なことはいいっこなしだってば。あたしにとっちゃ、王さまになんであれお役にたつのが一番嬉しいことなんだからさ）

頼もしくも断言すると、そのままふっとザザの気配は消えた。ウーラを呼びに狗頭山のほうへと飛び去っていったのだろう。

（心話というのはなかなか便利なものだな）

ひそかに、目をとじたまま、グインは胸中にひとりごちた。

（これだから、魔道師たちというのが、大きな勢力をしめるようになっていってしまうのだろう。——が、そのおかげでおおいに助かる。ことに、この場合は——やはりハラスを置き去りにしていって、イシュトヴァーンに惨殺させるというのはおそらくあまりにも後味も悪かろうし、それに——ハラスを失ったらおそらくあのケス河畔の連中も、生きのびるのは難しかろうからな……）

どちらにしてもだが、ケス河を渡ってノスフェラスに新天地を求めたとしても、そこはこんどは炎熱の死の砂漠、そしてそこにはセム族やラゴンたちがすでに、ここをおのれの天地として住んでいる。あとから割り込んできたそれらのかよわい人間たちを受け入れてくれようはずもない――そのように考えてゆくと、なかなかに、ハラスとその仲間たちの運命の行く手は心許ないものがありはしたが、そこまでは、グインはおのれが考えることではない、と考え直した。それよりもいまここで、イシュトヴァーンの手中にハラスを残してゆくほうがむざんであろうし、ハラスだけを連れて逃亡すれば、残された仲間たちが、イシュトヴァーンの腹いせや疑惑をむけられてさらにむごい目にあうだろう。それもまた、グインにとっては決して愉快なものではなかった。

（イシュトヴァーンがあれほどに人間不信に陥ってしまっていなければ――俺の逃亡がハラスとかかわりがあろうはずはない、逆に置いていったことで、どうやら本当に俺がハラスと無関係なのだろうと納得できるのだろうがな……）

いろいろとそうなるためには事情もあったのだろうが、あのように人間不信にこりかたまってしまっていては、何をどう言い立てたところで納得させることはできそうもない、とグインはそっと肩をすくめた。

ザザはなかなか戻ってこなかった。ルードの夜は静かにふけてゆく。妙に白っぽい月がのぼってきたかと思うと、あたりがかなり明るく照らし出された。

それは、ゴーラの兵士たちには嬉しいことだったかもしれないが、グインにとっては心配なことであった。あたりがあまりに明るく照らし出されるのは、逃亡者たちが暗が

りに身をひそめづらくするのではないかと思う。だが、それからいくばくもなく、

(王さま。──王さま)

ひそやかな、ザザの心話があった。

(おお、ザザ。戻ったか)

(ウーラもきているよ。どうしたらいいのか、教えてくれといっている)

(わかった。ところで、いまのところ、グールどもはどうしている? この近くにもけっこう大勢いるのか?)

(そりゃもう、なんたってルードの森のグールだものさ。たぶんこの一行が入ってきてからずっとルードの森のなかを、その軍勢にくっついて、遠巻きにして見張ってたんだと思うよ。さっき猛烈な邪気を感じたけれど、それはみんな、王さまと、王さまをとらまえた連中を遠巻きにみて食いたがってるグールどものよこしまな気さあ。おお、イヤだ)

(なるほど。それでは、ちょっと俺のいうことをよくきいてくれ)

グインが懸命にいろいろと念じているのを、受け止めているうちに、ザザはひどく驚いたらしかった。

(なんだって! そ、それは本気なのかい。王さま──ああ、ばかなことをきいたね。本気に決まってるんだ。でもなんて危ないことを)

（だがそれが一番いいはずなのだ。気にせんで、俺の頼んだとおりにしてはくれぬか）

（いいけどさ……ウーラはどうしたらいい）

（頼んだとおりにしてくれたら、そのまま俺のところにきてくれればいい。あとは俺がなんとかする）

（わかったよ。じゃあ、あまりぞっとしないけど、やってみるよ）

ザザがバサバサと飛び立ってゆくのが感じられた——今度は、心話を通してではなく、ザザが近くにきていたためかもしれないが、直接にはっきりと羽音が聞こえたような気がしたのだ。グインは再び待った。だが、こんどの待機は、見た目はまったくもととかわらぬ姿勢で静かに目をとじたままだったけれども、内心は非常な緊張をはらんだ待機であった。

やがて——

それが聞こえてきた。

瞬間、グインはかっと目を見開き、宙を見据えた。

ゴーラ兵たちには、まったくそれが何の物音とも知れなかったに違いない。異様な、はっきりとききとれぬ呻いたり、叫んだりしているような声——そして、笑い声のようなもの。そしてぞっとするような吠え声。

「なんだ——あれは！」

「隊長どの！　な、何かがこちらめがけて――それも大勢やって来るようです！」

「待て。うろたえるな。命令を待つんだ」

あちこちの隊のなかでたちまち、うろたえた叫びが飛び交った。だが、イシュトヴァーンも、知らせをきくなりただちに行動にうつったらしい。伝令が陣中をかけめぐりだすのは思ったよりずっと早かった。

「伝令！　伝令！」

「グールの大群と思われるものが、大挙してわがゴーラ軍の陣を目指して押し寄せてこようとしている模様！　落ち着け！　相手は火をおそれ、何も武器をもたぬ原始人類にすぎぬ！」

「イシュトヴァーン陛下の御命令だ！　伝令！　グールの襲撃を恐れるべからず！　ただちに戦闘態勢をとれ！」

眠りにつきかけていたゴーラ軍はよみがえった。

いっせいに飛び起き、あわただしく装備をつけ、戦闘態勢にむけて集合しはじめる。さすがにそのあたりは、よく訓練のゆきとどいた職業軍人の群と見えた。烏合の衆のように、ふいをつかれて狼狽し、そこをなすすべもなく奇襲に破られることもなく、最初は何がおきたのかもよくわからぬまま、うろたえながらもいくさの用意をし、そのまま隊列をくみ、ただちに再びまわってきた伝令の命令どおりに背中あわせの二列づつの縦隊を組み上げる。最初に支度のすんだものや、ずっと歩哨役をつとめていて武装をといていなかったものが外側に並び、その内側で、武装をいったんといて休んでいたものたちがあわただしく武装を身につけ、そして外側の列のすぐうしろに整列する。そのあいだに馬を庇うようにずらりと並べる。馬たちも興奮しているらしく激しくいなないたり、足掻いたりしているが、訓練された軍馬だから、馬丁や騎手が手綱をとり、首をたたいてなだめていると、興奮もし、怯えてもいるが、暴れ出したり飛び出してゆこうなどとすることはない。

グインは身を低くしてそのあいだに座ったまま、じっとようすを見守っていた。いまや、ゴーラ兵たちは、森かげからこちらにむかっておしよせてこようとぶきみな青い目を光らせて身を低くしているグールたちのすがたをはっきりと見てとりはじめたらしい。

「うわあ……」

「なんて、ぶきみなやつらだ……」

「あれが、ルードの森のグール――はじめて、こんな間近で見たぞ……」

「本当にいやがったんだな。それもこんなに大勢……」

「シッ、私語をつつしめ！　伝令が聞こえなくなる！」

ささやきかわしたり、隊長に怒鳴られたりしながらも、嫌悪と恐怖と、驚愕のまなざしで、木々のあいだから見つめているぶきみな敵をにらみつけていた。

グールたちは、いまや、わらわらと木々のあいだに集まり、いつなりと飛び出せるようなぶっそうな興奮したようすで、フーッ、フーッとなまぐさい息を吐いたり、しきりと威嚇するような手つきをして木のかげから手を出したりしていた。グインは深くうなづいた――グインがザザに頼んだのは、自らをおとりにして、グールどもをなんとかして、このゴーラ軍の夜営の陣のすぐ近くまでひきつけてきてくれないか、ということであった。グールはずっとゴーラ軍の周辺を見張りながら移動している――本来は、ひっそりとしずまりかえったおのれの縄張りであるはずのこのルードの森に、数日前から突然に異様な騒ぎがおこり、ハラスの一行が逃げ込んで来、そして次にこのゴーラ軍がルードの森に入ってきて、旧道のあとを切り開きながら強引にケス河までも進んでいったことが気に入らなくて仕方ないはずなのだ。

だが、ゴーラ軍が非常に人数も多く、またさしものグールといえども、多少の知能は持っているので、ゴーラ軍がすべて完全武装していて、しかも非常によく訓練された強い軍隊である、ということはわかるのだろう。だから、あえてゴーラ軍に襲い掛かることはできない。それゆえ、誰かが列から離れたら、一人になったり、少数になったりしたらただちに襲い掛かってやろう、というつもりで、ずっとゴーラ軍の周辺を遠巻きに追尾してきていたのだ。

だが、ザザにけしかけられ、あおられて、いまやグールたちの興奮も緊張も頂点に達しかけているはずだった。

(王さま！　あんたのいうとおりしてみたよ！　いま、この道ぞいのまわりには、グールどもが、およそ千匹くらいはうじゃうじゃしてるんだよ、上からじゃないと、それも妖魔の目でなくちゃ、夜だし、見えないかもしれないけどさ！　おお、気持が悪い)

ザザの心話が飛び込んできた。

(ウーラも一緒に手伝ってくれて、反対側のグールをこっちへあおってくれたよ。グールたちはいまとても興奮している。だけど、やはり火や鉄をおそれているから、やっぱりまだ遠巻きにしてわいわいいってる。あいつらも、ことばらしいことばは使わないけど、まあ心話とまではゆかないけど、たどたどしいことばみたいなものを頭から頭へ投げて話をするんだよ。きいてルードの森じゅうのグールがみんなうろうろこっちにこようとしている。森じゅうがざわざわしてるので、死霊も怨霊も——ほかのいろんな獣どももも目をさまして、ルードの森じゅうがいろめきたっているよ。これでいいのかい！)

(有難うよ、ザザ)

グインはかすかに微笑んだ。

(それで充分だ。よし、では、俺が『よし！』といったら、俺の頼んだようにしてくれ。それはとても危ないと思うので、ただちに、それをしたらここから離脱してくれ)

(それでいいのかい、王さまはッ！)

(ああ、かまわぬ。してもらえることはそれだけでいい。ウーラにはそのまま、混乱状態になりしだい俺のところに飛び込んできてもらえればいい)

(わかったよ、じゃあ、それでよしとなったら『よし!』っていっておくれよ)

(ああ)

グインはうなづいた。そして、そろりと身をおこした。

まわりにいたゴーラ兵が、さっと緊張したおももちでグインを見返った。それへ、グインは、安心させるようにうなづきかけ、ハラスに近づいた。

「血のにおいがすると、グールどもが襲い掛かってくるかもしれんぞ」

グインは静かにいった。

「こいつを仲間と一緒にしてやっていいだろう。——なんだかだいぶん、不穏そうになってきたではないか」

「不穏って……」

ゴーラの若い騎士のひとりが、ひどく不安そうに、木々のむこうをすかし見た。

「グールどもがあとからあとから、こちらにむかって集まってきているような感じです、陛下。——もしかしたら火をたいているので、警戒もしているものの、目ざわりだったり、興奮しているのかもしれませんが……」

「俺は何も武器をもっておらぬ」

グインは肩をすくめていった。

「万一、グールどもが襲い掛かってきたらどうしたらいいんだ？　俺にも武器をくれぬか。俺に剣一本くれれば、こんなグールどもなど、あっという間に蹴散らしてやるぞ」

「そ、それは、しかし……陛下にうかがってみませぬと……」

「そんなひまはない。あの木々のあいだに光っているあのぶきみな目が見えぬのか。——たいそうな数のように見えるぞ。いかに野蛮なグールといえど、膂力はたいしたものだし、あれだけの数となると——おぬしたちは鎧かぶともつけているし、剣も持っている。平気かもしれぬが、俺はまことに心細いし心もとない。あれだけのやつらがいっせいにかかってきたら、素手ではいくら俺でも——それにこのハラスなどは怪我をしているのだからなおのことだ。——そうだろう」

「そ、それはそうでありますが」

若い騎士はひどく不安そうな顔をして答える。

「くそ……これは失礼いたしました——でも、なんという恐しいところなんだ。これまでも、ケス河を目指して行軍している最中にも、きゃつらが少し集まってきて、いやな感じになったことはあったのです。よほどわれわれが目障りなのでしょう。——だが、こんな大人数になったのははじめてです。ううっ、気持が悪い。なんて気味の悪いやつらなんだろう」

「もっと広いところなら、十重二十重に囲んで守ってもくれるんだろうと思うが、君」

グインはたぶらかすようにささやいた。

「ここでは、なにしろ空き場所が狭いのだから、この道にぎっしり、縦列に並んでいる以外方法がない。だが、ばらばらに木々のあいだにひきずりこまれたらもうそれこそおしまいだ。――グールどもは、それが得意の手なんだからな」

「ううっ……」

騎士は身をふるわせる。すかさずグインは攻め込んだ。

「頼む。俺だってこのようなところで、素手でグールにたかられていのちを落としたりしたくはない。それにこの少年だって、無事にトーラスに連れ戻れ、というのがイシュトヴァーンの命令なのだろう。――怪我人がいるとグールは血のにおいをかぎつけてこっちに来るぞ。大勢いちどきにこのあたりにかかってこられたら、たまらぬ。頼む、俺にも剣をくれ。短剣でも斧でもなんでもいい。武器をくれ。俺も、グールと戦いたいのだ。何もせず、手向かいも出来ずにグールに殺されるのではケイロニア王の名折れだとは思わぬか」

「そ、それはそのとおりでございますが……」

「そこにある、さきほどおぬしらが剣をとった剣びつのなかにまだ剣があるのだろう。一本貸してくれ。俺の剣はイシュトヴァーンにとられてしまった」

「……」

ひどく迷いながら、騎士はあたりを見回した。だがそのとき、すかさずザザがあおってくれたのだろう。

「ケーッ！　ケーッ！」

なんともいいようのないぶきみな喚声をあげながら、グールたちがずいと木陰からすがたをあらわすのがみえて、騎士は蒼白になった。

「本当にこれは大変な……大変なことなのかもしれない。わかりました、私の一存で……それがしはケイロニア王グイン陛下をご尊敬申し上げております。確かに、あんなグールなどに、武器がないばかりに陛下がしてやられるようなことがあったら、中原の──どころか人間の恥というものです。これをお使い下さい。それに……それに陛下が一緒に戦ってくだされば千人力です」

「有難うよ。名前は」

「ファ、ファン・イン隊の平隊士でオー・エンと申します」

「オー・エンか。グールなどにやられるなよ。俺はこの少年を守ってやる」

グインは、オー・エンがふるえる手で剣びつからつかみあげてさしだした剣をうけとると、素早く腰の剣帯にさした。そこから、なんともいえぬ力と勇気とが、わきあがってくるような気がした。そのまま、かがみこみ、まだまわりのようすに注意をはらう力もなくぐったりと身を横たえて、もしかしたらまだ意識が戻っていないのかもしれなかったハラスを、マントごとかかえあげる。

「あ――うッ……」

ハラスが呻いた。グインはすばやく目でハラスの仲間の姿を探しながら、態勢をととのえるような顔をして、二、三歩大きく歩いた。そうしたまま、少しづつ、足場を探すようなようすをよそおいながら、二列づつに背中あわせになって、まんなかに馬を並べているゴーラ軍の陣中を目立たぬように移動する。

「ああ……へ、陛下、いったい……どう……何事が……う、痛っ……」

「口をきくな、ハラス」

ハラスの細いからだはグインにはまったく軽かった。マントごと包み込んで肩を貸しながら、グインは低くささやいた。

「グールどもが襲ってきそうだ。一触即発で、かなりたくさんのグールが森の両側に詰めかけてきている。イシュトヴァーンは応戦のかまえをとらせているが――このままではまきこまれる。俺もゴーラ軍が、グールごときに遅れをとるとは思わぬが、しかしかなり調子の違う相手であるのは確かだ。ハラス、まだ動けぬだろうな。ましてや戦うのは無理だろう?」

「いえ……」

ハラスは気丈に笑おうとした。だがそのマントのフードがはらりとおちると、ハラスの傷ついた顔は真っ青で、苦痛にゆがんでいた。

「大丈夫です……なんとかして、私も戦って——なんのこれしき——」

「強情をはるな。それより、俺のいうことをよくきけ」

グインは、ゴーラ兵たちがいまや緊張しきって、森の木陰のグールどもをにらみすえているのを確かめた。声を低めて囁く。

「この騒ぎは実は俺がおこしたものだ。このままでは俺はちょっと具合が悪い。事情があって、俺はトーラスにゆくのも——この上イシュトヴァーンにあれこれ聞かれるのも困るのだ。だから俺は逃亡するが、お前をおいてゆくと、お前がたぶん激しい拷問のすえに惨殺ということになるだろう。だがお前だけを連れて逃げると仲間たちが腹いせにイシュトヴァーンに殺されるかもしれぬ。しょうがないから、全員助けて逃がしてやる。だが、俺にできるのはそこまでだ。お前たちを守って戦ってやることはできぬ。——それにケス河畔にはお前たちの仲間が指導者を失って立ち往生しているだろう。ゴーラ軍が俺を追いかけるのと、グールと戦うのに気を取られているひまに、とっとと逃げろ。グールのほうももしここで戦いがはじまると、その流血に気を取られてたぶんこちらに集まってくるだろう——ちょっとだけしか手は貸してやれぬが、いいか、二度と云わぬからよくきいていろ」

「は、はい……」

「モンゴール人のおぬしにはいろいろ信じがたいことがおこるかもしれぬが、それはこの俺のしたことだと心得て、驚かずにいろ。いいか、何があっても驚かぬのだ。口をきく白馬が出てきてお前をのせ、いっさんに駈けてケス河のほとりまでお前を連れて逃げてくれたとしても、騒がずその首にしがみついていろ。――仲間たちはなんとかして自分の手で切り抜けてケス河のほとりまで脱出に成功してもらうほかはない。それ以上は俺もできぬ。だがグールとゴーラ軍は俺がひきつけてやる。それは俺自身のためなので礼には及ばぬ。いいな」

「は……は、あの、しかし……僕にはいったい……」

「何でもいい。何もいまは考えるな。もしもそういういい機会があったら、これ全体がいったいどういうことがおきたのか教えてやる。だがたぶん、お前には信じることが出来ぬかもしれんがな。――さあ、いいから、俺にしがみついて、ひどく弱ったふりをしていろ。実際以上にだ。そして、俺がお前をどうしても驚くな。とにかく仲間のところへ戻るのだ。戦う必要があったら戦え。そのさいは、剣は敵から奪え。いいな」

「は――はい……」

「よし。では、行くぞ」

グインは目をとじた。ザザを呼ぶ。

(ザザ。——よし、よし)

3

途端——であった。

すさまじい獣のうなり声が爆発した！

「わあッ」

ゴーラ兵の絶叫がきこえた。

「お、オオカミだ！　オオカミの群が！」

「ああーっ！　グールが来る！」

「わあっ！　なんだ、この化物は！」

悲鳴と絶叫とで、たちまち、ルードの森は阿鼻叫喚に包まれる。

ゴーラ兵の作った縦の陣に、槍ぶすまをおどりこえるようにたかだかとはねあがって飛び込んできたのは、あのぶきみな声で吠えるワライオオカミどもの一群であった。グインがウーラに集めさせ、けしかけさせた、ルードの森にだけ住むぶきみな半妖のオオカミの群なのだ。グールの襲撃にそなえて緊張しきっていたゴーラ兵たちは、思わぬ野獣の襲撃に足をすくわれたかたちになった。

「ひ、ひるむな！　相手はたかが獣だ！　何をしている！」

隊長たちの絶叫がきこえる。グインはハラスをかかえたまま、まるで影のように、混乱している陣のなかを駆け抜けた。もうグインに注意をはらっているゆとりのあるものなど、誰もいなかった。

グインはハラスを肩に背負ったまま、かがり火の上にばさりと片手に持っていたおのれのマントをかぶせて火を消してしまった。そのまままたマントをふりながら、高々と恐怖にかられていなないている馬どものあいだをかけぬけ、次のかがり火を踏み消してしまう。そうしながら、グインはするどい目でハラスの仲間たちを探した。

(王さま、いたよ、そこだ！)

ザザの心話が教えてくれる。すかさずグインはそちらにむかって身を低くしながら走った。周囲ではもう、同僚をかいまみるゆとりさえもなく、襲い掛かってくるオオカミども相手の必死の戦いが展開されはじめていた。馬の悲鳴や甲高いいななき、オオカミの荒々しい吠え声が混乱に拍車をかけた。そしてついに、その騒ぎにたかぶりの絶頂に達したのだろう、グールどもが乱入してきた。

「わあっ！　わああーっ！」

「き、来たぞォー！　グールが襲ってきたあッ！」

ゴーラ兵たちの狂おしい絶叫に、グールのケーッ、ケーッという怪鳥のようなときの声がいりまじる。隊長たちの怒号、剣戟のひびき、そして荒々しく大地を踏みならす音。それらに目もくれず耳もかさず、グインはマントで身を隠すようにしてザザの教えてくれたあたりへかけこんだ。そしてやにわに、剣を抜き放ち、「許せよ！」とささやきざま、一気にその虜囚たちをともかくも守ろうとその周囲を囲んでいたゴーラ兵たちを切り倒してしまった。ハラスを一瞬つきとばしておいて、飛び込んでゆくなり左右に切り下げ、切り払い、ほぼ一瞬のうちに五人あまりの兵士たちを切り倒してしまったのだ。切られたほうにさえ、何がおこったのか、まったくわからなかっただろう。

そのままグインは、倒れかかるハラスをすくい上げた――まだ、ハラスが地面にすっかり倒れかかるひまもないほどのすさまじいばかりの早業だった。

「お前たちの大事なハラスどのだ！　しっかり守るんだ、そしてケス河まで走れ！」

グインはハラスのからだをかれらのあいだに投げ込むようにしながら低く叫んだ。そして、念じた。

（ウーラ、ウーラ！　この連中を頼む。この少年をのせてケス河まで連れてってやってくれ！）

（わかった）

頼もしいウーラの心話が飛び込んでくる。同時に、怯えてかけまわっている馬どものあいだをぬけて、一頭の巨大な白馬がそこに飛び込んできた。グインはすかさずその背にハラスをおしあげ、手綱で逆にくくりつけるように鞍にハラスを縛った。そのうしろにハラスの仲間の一番小柄な若者をつかまえて放り上げる。

「いいか、ハラスが落ちないように支えてろ。そのことだけを考えろ」

いうなり、

「頼んだぞ、ウーラ!」

叫んでウーラの尻を叩く。ふたこととはいわせず、ウーラは文字どおりそのあたり一帯の、兵士たちの乱戦の頭上を飛び越えた。

まるで白い巨大な流星が流れたかのようだった。その白馬には羽根がはえているのではないか、とさえ思わせるものがあった。もしもこんな暗いなかでの乱戦でなかったら、誰もが目を奪われただろう。

「あの白馬についてゆくんだ! まわりのことはすべて忘れて走れ!」

グインは虜囚たちに叫んだ。かれらはまだ何がなんだかさっぱりのみこめぬようすながら、ともかくもはっとしたように走り出す。

「途中でゆとりがあったらゴーラ兵の剣を奪え! ケス河で仲間と合流するんだ。幸運を祈るぞ、ハラス!」

グインは叫ぶと、ようやく気付いて大声で仲間を呼ぼうとしていたゴーラ兵の首を容赦なく宙にはねとばした。

「すまぬな。これはいくさだ」

つぶやくと、マントをふかぶかとかぶりなおし、ひもをかけ、そして身軽になって、剣を片手に、グインは乱戦に飛び込んでゆく前に、ちらりと、一筋の道をまっしぐらにケス河のほうへ遠ざかってゆく白馬と、その背にしがみついている小さなすがた二人、それにそのうしろをあわてて追いかけて走ろうとしている連中へ目をやった。そのまま、もうそちらへは目もくれなかった。

「ザザ、有難うよ！　もう充分だ。よくやってくれた、おかげで本当に助かったぞ！」

（なんの、まだ何かすることはないの？）

「だったらそこまでしてくれるのなら、すまぬが、もうひとつだけ頼まれてくれ。あまり沢山のゴーラ兵を切るのは俺は気が進まぬ。俺をぶらさげてこの騒ぎの上を飛び越えて、グールどもの真っ只中におろしてくれることは出来るか」

（で、出来るけど——やなとこにおろすんだね！）

「そっちなら気兼ねなしに切れるからな！」

もう、心話でことばをかわす必要もない。グインは大声で笑った。ワライオオカミの吠え声にまぎれて、ふりかえるものもない。ゴーラ兵たちはいまや、ワライオオカミとグールの両方をあいてに、またおのれの陣の大混乱をとりとめようと、たいへんな騒ぎに陥っていたのだ。

だが、さすがにゴーラ軍だった。大混乱に陥っているのは、ウーラがワライオオカミの群をけしかけた、グインのいたあたりだけで、それ以外の場所では、グールどもを追い払い、しだいにあちこちで秩序を回復しはじめていた。グールどもは数も多かったし、見かけもきわめて不気味ではあったけれども、所詮原始的な半人半獣の半妖にすぎなかった。武器ももたぬし、また、本来は、好戦的というよりは、恐しい飢餓にかられて、人間を森の奥にひきずりこんでむさぼりくらう、という連中なのだ。食欲を満たすにふさわしい相手ではない、と判断すると、あわててまた木陰に逃げ込み、遠くから青いぶきみな目でぎろぎろとゴーラ軍を見守るばかりになる。しだいに混乱がしずまり、ゴーラ軍は秩序を取り戻しかけていたが、それはグインにとっては、べつだん残念なことでもなかった。グインにとって欲しかったのはただひとつ、ハラスを逃がし、自分もどさくさにまぎれて逃亡するためのちょっとした隙、ただそれだけだったのだ。

(さあ、王さま、あたいの足につかまってよ。王さまはとてつもなく重たいし、あたいはウーラなわけじゃないんだから、長い距離は飛べやしないよ。ほんの二百タッドばかりしか、王さまをささえるなんて無理な相談だからね)

バサバサと羽音をたてて、巨大なカラスが舞い降りてきた。グインは笑った。

「わかっている。無理をいってすまぬな!」

すばやく剣を鞘に落とし込み、ザザの足首にとびつく。

「ひーっ、重たいーっ」

ザザが叫んだ。もっとも、外からはカアカアーと声をかぎりに鳴いたようにしか聞こえなかっただろう。

「ちょっとの辛抱だ。さあ、飛んでくれ」

「くそーッ」

ザザが羽ばたいた。グインのからだはふいにふわりと宙にういた。

「あれ？」

ザザがけげんそうな声をあげるのがグインの耳にきこえたが、グインはあまり気にとめなかった。

「あれ、王さま思ったよりずいぶん軽い……なんでだ？　誰かが助けてくれてんの？」

ザザはぶつくさいいながら、激しく巨大な羽根を動かした。そのままグインは空中高く舞い上がり、そして、ぶきみなグールの森をはるか下にみて、まるでおのれが翼ある生物であるがごとく、空中を飛翔していた。

ちらりとグインが下を見下ろしたとき、まさにイシュトヴァーンの本陣のあたりが足の下遠くにみえた。そこに、あの見覚えのある天幕があり、その前にあかあかとかがり火が燃えており——そして、その前に、確かに、白いよろいと白いマント、そして黒い長い髪の不吉なすがたが剣を杖にして立ちつくし、夜空を——こちらを見上げているのが見えたように思ったが、そのときにはもう、グインは風に乗って、グールの森の上を飛び越えていた。

「おかしい、おかしいよ、王さま」

ザザが叫ぶのが、きれぎれにグインの耳に入った。

「どうした、ザザ！」

「あた、あたいの力じゃこんなに王さまを持ち上げてられないはずなのに——王さま、なんか魔道使ってるかい？　そんなこと、ないだろ？」

「ああ、俺には使えぬぞ」

「じゃあ誰か魔道師が手伝ってくれてるのかもしれないよ！　ああもうこんなに飛んでる！　うわあ、目がまわりそうだ。落としちゃうと大変だ、降りていいかい？」

「いいぞ！」

怒鳴りかえしたとたん、ザザのからだがざーっと森のほうに近づいてきた。グインは、からだごと木々の梢にぶつかりそうになってさすがに声をあげたが、ほんの少し木々のすきまがひろくなっているところをみつけ、ザザはなんとかそこに舞い降りた。さいごは、からだのコントロールがうまく出来なかったらしく、下生えの上にどさりとグインのからだは投げ出されかけた。すかさずグインは手をはなして飛び降り、態勢をととのえる。ザザはひらりとそのかたわらに舞い降りてきて、一瞬にして女のすがたになった。

「あまり、長いことここにはいないつもりだけどさあ」

ザザはグインにひたとよりそいながらささやいた。

「だいぶん、思ってたより遠くまで飛べたけど——でもさすがルードの森はうんとでっかいから……全部越えるまではとてもゆけなかったわねえ。でもとりあえず、今夜はグールどもがみんなあっちに出はらってるから、ちょうどいいかもしれない。もう少したてば朝になる。そしたら、もうちょっとは楽になるしね。ああ、ああ、いったいなんて夜なんだろうね！」

「ああ。そうだな」

グインは笑った。そして、あらためてザザを抱き寄せ、その額にかるくくちづけた。

「もう、お前の手はわずらわせぬなどといいながら、すっかりお前のおかげで助かってしまったぞ。お前が黄昏の世界の女王である妖魅でさえなければ、ぜひとも俺の愛人にくらいなってもらって礼にするところだが」

「あら、なんで妖魅じゃだめなのさ」

不服そうにザザはいった。だが、珍しくも、一番気になりそうなそのグインのことばよりもさらに別のことに気を取られていた。

「だ、だけどさ。いったいさっきはどうしちゃったんだろう。あたし、王さまが王さま

をぶらさげて飛んでくれといわれたとき、あたしもここで死ぬかなあ、ってちょっと思ったんだよ。本当いったらあたしの力じゃあ、王さまをぶら下げて飛ぶなんて、まったく不可能なんだもの。だけど、なんとか云われたとおりにしたかったからさ、ほんの一タッドでもいいからって思ったんだよ——だのに、一モータッド以上も飛んじまった。こんなことってあるかしら」

「うむ」

グインはうなづいた。

「お前が思っているより、ずっと大きな力があるのかもしれぬな。お前は」

「そんなことありえないよ。そんなの自分でようく知ってるもの」

ザザは首をふった。

「それに、グールどもをけしかけるためにけっこうあたしの力を使っちまっていたんだよ。妖魔の力ってやつをね。——グールの仲間のふりをして、そそのかしてやったのさ。どんな方法でもいいからグールをあそこに連れてきて、けしかけて、戦いをはじめさせてくれって王さまがいうからさ——グールどもはことばってほどことばをしゃべらない。だから、怒りだの、戦いたい気持だの——そういうやつを、心話でかきたててやって、まずそれであそこへ誘導していったのさ。それにけっこう力を使ってしまってたから、絶対にあたしの力でああなったってことはありえないよ。それに、最初は、ああ、やっぱり重いや、あがらないやって思ったんだよ。そしたら、とたんに王さまのからだがふわりと浮き上がってさ——びっくりしたよう」

「まあ、誰かが助けてくれたのだろう」

グインはあまり気にとめたようすもなかった。

「無責任なようだが、俺はこういうときよく、そうなったからには誰かが何かしてくれたのか、それとも運がよかったのかどちらかだろう、としか考えぬことにしているのだ。いま、あれこれそれについて考えたところでどうにもならぬし、もしも、それをもとにして何かよからぬことをたくらんでいるやつがいるのだとしたら、遅かれはやかれすがたをあらわすだろうからな。いずれにせよ、いまのところはそのおかげでずいぶんと助かったのだ。それだけで充分だ」

「だ、だけどさ」

ザザは不安そうに回りを見回した。

あたりはまだ、深いルードの森のまっただなかだった——どこも同じような木々と草草ばかりの続くあやしい大密林だ。そのなかの、どの地点からどこにどう移った、とも、神ならぬひとの身にはわかりようとてもないが——それでも、いくらかわかるのは、いまいた、ゴーラ軍が細い道を切り開いたあたりよりはさらにたぶん深まったところへ入り込んでいるようだ、ということだけだ。

ひとつだけ、ちょっとはかれにとって状況が好転しているとしたら——むろん、イシュトヴァーンの虜囚になっている、という状況からみたら、根本的に改善されているには違いなかったが——まもなく朝がきそうだ、ということだけだった。ルードの森は夜にそのぶきみな本領を発揮する——もっとも、いまは、おそらくグールどもがみなまだ、ゴーラ軍のほうにけしかけられて向かっていっているからだろう、本来のルードの森の深夜に比べたらずいぶんと怨霊も、死霊も、魑魅魍魎も、静まっているには違いない。

グインがそういうと、ザザもうなづいた。

「まあ、いつものルードの森にくらべたらずいぶんと静かだといっていいだろうけれどさ。——でも、きっとゴーラ軍はやっぱり手強くてうまく食えそうもない、と気付いたらグールどもはまた、森の奥に戻ってくるよ。——そうして、そうしたらきっと王さまを見つけるだろうし……うまく、朝になるまで逃げかくれる場所が見つけられればいいけど——ちょっと上からようすをみてきてあげようか」

「いや、方向さえ——どちらが北だの、南だの、ということさえ教えてもらえれば、それで充分だ。お前は前に、あまり深くルードの森に入り込むとたいへんだ、といっていただろう。もう充分すぎるほどにお前には助けてもらったのだ。もう、ノスフェラスへ戻るがいい、ザザ」

「そんな、でも、王さま……」

「お前はだんだん物腰が落ち着かなげになってきているぞ」

　グインは指摘した。

「ルードの森にここまで入り込んできてしまっていることが、不安だったり、何かあるのじゃないのか？」

「うーん、正直をいうと、こんなに深くひとの——というか自分のじゃない闇の版図に入ってきてしまっているとね……しょっちゅう、まわりにざわざわざわ、自分にぶつかってくる妖魔どもの敵意みたいなものを感じたり——それがある程度以上になると本当にむかってくるだろうし、それは居心地はとても悪いんだよ。でもそれは、ここの連中がノスフェラスにきたって同じことだろうからね。お互いさまなんだがねえ」

「だとしたら、もう充分だ。ノスフェラスに戻ってくれ。というより、俺はちょっと、ウーラにまかせたあのハラスが心配だ。頼んでよければ、ハラスとウーラのようすを見てきてやってくれ。そして、ウーラに助けが必要そうだったら、そうしてやって——ハラスたちを首尾よくケス河のほとりの仲間のところに送り届けたら、ウーラともども、今度こそ安心しておのれの陣地に戻ってくれ。もう、ここから先は人間の国だ。お前たちの力をいちいちふがいなく借りずとも、俺一人でなんとか切り抜けてゆかねばなるまい」

「ふがいないなんて云わないでよ。あたしもウーラも王さまをお助けするのはとても嬉しいんだから」

　ザザは文句をいった。

「それに、王さまはいつもの——本当のからだじゃあないんだし。結局ヴァラキアのイシュトヴァーンの軍勢にぶちあたったんだよね？　王さまがおとなしくつかまるなんて信じないけど、なんか思い出したのかい？」

「思い出した、とは云わぬが、イシュトヴァーンの思い出話のおかげで、俺であるらしい人物が昔、どのようにいろいろなことをしてきたか、というようなことは、前よりもずいぶん理解できた」

　グインは笑った。

「だが、あいかわらず、まったくのひとごとを知識として聞かされているのにひとしく、俺にとっては、それがまさに俺のことだ、という、肝心かなめのその、俺自身と俺の話とをつないでくれる一点がどうしても見つからぬ。——だが、知らないよりはずいぶんと楽になったし、それに、もうひとつ確かなことは、それが自分のことだと実感はできぬのだが、それが本当のことらしい、ということは俺にはわかった。何故かというとな、ザザ」

「う、うん」

「イシュトヴァーン、という男と顔をあわせたとたんに、俺は、ああ、この男はいやというほどよく知っているな、と思ったのだ。ただ、云われなければ名前も思い出せなかったに違いないし、だから名前も思い出したというよりは、あらたに見出した、といったほうがいいくらいだ。だが、それでも、俺のなかに、この男は、確かにこれまでに非常に強いきずな――それがいい絆にせよ悪いものにせよ――によってつながれた存在、として残っていたようだ、これは俺にとっては、格別のえにしのある存在であるらしい、ということがはっきりとわかった」

「それでも、全部は思い出せないのかい。もどかしい話だねえ」

「まったくだ。それはもう、お前が想像する以上にそうだ。だが、もうひとつわかったことがある――あの男は、危険だな」

「あの男って、イシュトヴァーンかい。そりゃあそうだろう――あの男はいま中原で一番危険なやつだって、誰もがわかっているよ」

「俺にはわからなかった。だが、いまはわかる。あいつは、たとえあの男がいまどのような地位にいて、これまでにどのようなことをしてきたのか、まったく俺が知らなかったとしても、顔をみて、ちょっと話をした瞬間に、これほど危険で、これほど魅力的で、そしてこれほどあやうい男は見たことがない、と思ったに違いない。ひとをひきつけるものがあるからまずいのだな――あの男のひきいている軍隊は、若いこともあって、彼を心酔しきっているようだった。かつての俺が彼に対してどのような感情を持っていたのかは、わからぬが、ひとつ確かなのは、いまの俺は、彼をかなり危険な、注意すべき存在、としか考えられぬ、ということだな。かつて彼とのあいだにもっと別な絆があったとしたら、それはおそらくともに戦ったり、いろいろな運命をともにすることで育ってきたか――さもなければ、その最初のころには彼もまだ子供だったか、うら若いかで、彼のもっているいろいろな資質は本当には目覚めてはいなかったのだろう。いまの彼は――彼があのハラスという若者を、俺に本音をはかせるために拷問したのだが、それが俺には非常に不快だった。いや、拷問したことが不快だったわけではない。俺が不快だったのは、彼の、その、ハラスをいためつけるやり方だった。まあある意味では俺も生まれたての赤ん坊のようなものなのだから、あまり偉そうなことは云えないかもしれぬが、知っているというより感じるのだから仕方がない。ひとをいためつけるにせよ、正義のため、と信じてやるのなら、それはやむをえないかもしれぬ。また、おのれがひとをいためつけ、苦しめるのが好きな加虐の性の人間で、それでやるのなら、それはそれで、俺はとうてい好きにはなれないが、理解はできる。だが、彼はそうではなかった――ヴァラキアのイシュトヴァーンの拷問のしかたは、非情で、きわめて的確で、残忍で、しかもなんといったらいいのだろう。何かが完全に死に絶えている感じが俺にはした。そうだな――ひとへの共感、といったようなものかな。もしも、自分がそれをやられる側だったらどうだろう、というような、そういう、ひとにむかう気持の道、といったものが、完全に死に絶えてしまっている人間だ、それはしかも、もともとあまりなかったのだが、その後、それを失うほうへ、失うほうへと不幸な積み重ねが出来てきて、その結果としてああいう人間が出来上がったのだ、というような——奇妙な、ぞっとするような不快感を俺は覚えた。もっと熱烈になり、あるいはいやだが仕方ない、と思いながらなり、あるいはもっと——そうだな、論理的になり、なんでもかまわぬから、何かがあってくれたら、それはそれでよかったのだが——彼は、なんというか、自分のしていることに——ハラスを痛めつけることに、ほとんど何の興味ももっていないかのように俺には見えた。それが、俺にはなんだかぞっとした。俺とても、ひとを切り、殺さねばならぬときがあるが、それでも、そのおのれの一撃によってひとつの生命を断ち、その家族を嘆かせ、折角この世に生まれてきた貴いひとつのいのちを断ち切るのだ、ということは、わかっていなかったことはない——そうでなくてはならぬと思う。たとえグールを切るにしたところでだ。無感動に、それこそ虫をつぶすようにしてはならぬと俺は思う。そうするものはおのれもまた、いつか虫をつぶすように殺されねばならなくなるだろう。——いや、虫だって、虫としてのいのちがある。虫ならば簡単につぶしてもよく、ひとならばいけないと思う、その気持もまた間違いだと俺は思う。——だが、イシュトヴァーンは……そういうことを、考えることさえやめてしまった、というより、そこにいたる扉を完全に閉ざしてしまったかのようにみえた。それが、何ゆえなのかはわからぬ——だが、俺には、彼は、黒魔道に魂を売った男というよりよほど恐しい怪物に見えたのだ。——それが俺は……」

「なんだか、話をきいていると、まるきりいつもの王さまなんだけれどなあ」

ザザは嘆息した。

4

「それでも、思い出せないんだね。こんなふしぎなこともあるものなんだなあ。——黒魔道のことなんかだって知ってるわけじゃないか」

「そういうことはな、ザザ。云おうと思ったとき、何かこれにあたることばがあったな、と思うのだ。そうすると、いきなりそれのふたがあいた、かのようにずるずるとことばが出てくる。欠け落ちているのは、もしかすると、知識や記憶ではなくて、それを呼び出す方法、ただそれだけなのかもしれぬ。——だが、もう大丈夫だ。もう朝も近い。それでは行ってくれ、ザザ。ウーラのことも心配だ」

「わかったよ。それじゃ、でも、まだしばらくは心話も届くと思うから、なんかあってザザの助けが必要なときには呼んでおくれよ。ウーラのとこにいって、ようすをみて報告もできればするよ」

ザザはひょいとまた大ガラスの姿に身を戻して、空中に飛び上がった。それから、一回空をかるく旋回するように飛び、そしてすっとグインの肩に舞い降りてくる。

「ここはだいぶ、ケス河からは南にはなれてきているよ」

肩のところでやや耳障りな声で報告した。

「ゴーラ軍が切り開いた道は、旧ユラニア国境にそうようにして南下していたので、このさきやや南東に向かえばトーラス。西にむかえばユラニアのアリーナの砦、もし王さまがどうしてもパロに向かいたいというのだったら、安全のためにはむしろユラニア領北部をぶっちぎって、自由国境に出てサンガラの山地を南下したら、やがてパロ国境に入る。だけど、ずいぶん遠いと思うよ——南は、あっちだよ。北はあっち。ノスフェラスは北で、西はユラニア。南はトーラスの方向で、パロはここからはずっと南西」

羽根のさきで、ちょっとさししめすようにする。グインはうなづいた。

「わかった。いろいろと世話になったな、ザザ。すまなかった」

「いいっていいってるだろう。さいごにキスしておくれよ、なんていったら王さま、困るかしら？」

「いや」

グインはかすかに笑った。

「そのくちばしにか？　それならば痛いのを別にすればどうということはないが」

「あん、意地悪」

ザザはさっと女の姿に戻って大地に降り立った。両手をのばして、グインの首にまきつけるようにする。グインは苦笑して、その唇にかるく口をおしつけた。

「なんで、こんなことが、大切だったり何かの報酬になるように感じられるのか、俺にはわからん」

苦笑して云う。

「こんな、豹頭の男のくちづけなど、何かの意味があるというのか？　それは、少なくとも、記憶のあるなしとは関係ないな。記憶が戻ったところで、俺にはきっと理解できん」

「それは、あんたが、男だし、それに、グインはあんただからだよう」

ザザは歯をむいて笑った。

「あたいなんて、黄昏の国の妖魅の女王なんだからね。あたいのくちづけを欲しがるものだってたくさんいるのさ。あたしはあんたの——王さまのくちづけだから、ねうちがあるんで、そりゃ、それはあんた自身には何のねうちもあるとは思えないだろうよ。自分なんだもの。——でも、それもどうでもいいや。パロはうんと遠いし、サンガラの山岳地帯には山賊どももいるし、そこまでゆきつく前にそもそも、グールどもがそろそろねぐらに戻ってくるよ。朝になる前にやつらはあわててねぐらに戻るんだから。気を付けて行っておくれよ——そうして、また、なるべく早く会いたいなあ。じゃあね、王さま」

ザザはさっとまたカラスのすがたに舞い戻り、羽根を大きく拡げて宙に舞い上がった。

その背後の空は、ようやく、かすかにしらみはじめ、紫色の光をおびはじめていた。グインはかるく手をふって見送った。ザザはもうふりかえらず、一心に羽ばたいて、ひと羽ばたきごとにぐい、ぐいと明け初める大空を翔けてこちらが北だとザザが告げた方向へ飛んでゆく。みるみるうちにそのすがたは小さくなり、黒い点にすぎなくなった。

グインは、また一人になった。

まだ、夜は明けきってはおらぬ。もう月も沈み、星々の光もうすれ、この長いたいへんな一夜もまもなく明けてくるだろうとはいいながら、まだ、あと一ザンかそこらは、世界は夜の終わりと朝のはじまりのはざまをたゆたっているのだろう。

グインはちょっと考えこんだ。こんどは腰に剣もあり、方角もわかっている。ずいぶんと、グインの考えではものごとは好転してはいたが、しかし、ひとつには、イシュトヴァーンがこのままですませるとは考えられぬ、ということ――そしてもうひとつは、ザザのいっていたとおり、このあやしいグールの森のなかで、まだ本当に朝になっておらぬからには、グールや、死霊や――あるいはもっとまだ人々には知られていないぶきみな生物たちに遭遇する可能性、というのはかなり大きいかもしれぬ、ということがある。うかつに歩き回るのは、危険かもしれない。

それにもうひとつの問題があった。ザザは上空からみて、（こちらが南。南西がパロの方向）ときっぱりと告げてくれたけれども、グインには翼はない。鳥ならぬ身の、地上を一歩づつ踏みしめて歩いてゆくとき、羅針盤でも持っていれば格別、おのれのカンだけを頼りにしていれば、道はひどく困難をきわめるだろう。

ましてここは道なき道、ルードの森のなかである。たとえ、（こちらが南西——）と、かたく信じて歩いてゆこうとしても、目の前にはただちに木がたちはだかり、切って進むことも不可能なほどに繁茂している木々だの、下生えだの、とげだらけのヴァシャの茂みだのがある。ことにルードの森は、南側になるとヴァシャが多く生え、それは迂回すればいいのだが、迂回しているあいだにひょっと少しづつ方角がズレてゆかぬという保証はない。いや、当然、線をひいたようにまっすぐにおのれの望む方向にむかうことは不可能だろう。しかもルードの森はまだまだ、深く広大にグインの前にひろがっているのだ。

（ということは……）

グインは肩をすくめた。そのまま、あたりを見回し、とりあえずそのあたりでは一番安全そうに思われた、太い木の下に宿をきめ、そこに木を背中にして座り込む——座る前に、枝に毒蛇や吸血ヅタがからんではいないかどうか、変な毒虫などが下生えのなかにひそんではいないかどうか、剣のさやの先でかきまわしてよく確かめる。そのような用心を、いったい誰に教わったのか、彼はわからないが、おのずと、そうしようと思うと、（こうしなくてはならぬ）という確信が生まれてくるのが、彼を驚かせた。

（俺は――どうやら、自分で思っているよりも、ずっとたくさんのことを知っているらしい）

（だったら、もっと――せめて、自分が何を知っているのかをもっとよく知っていたいものだが……なかなか思うようにならぬものだな……）

ともあれ、なんとか、なにごともなければここで無事に一夜をあかせることを期待して、グインはマントにくるまり、木の幹を背にし、いつでも抜けるように剣を抱いてうずくまった。

どこか遠くでまた、かすかな吠え声がきこえてくる――それがワライオオカミのものか、それともグールのそれか、死霊のあやしい声なのか、グインにはわからぬ。

しかし、グインは恐れなかった。むしろ、そうやって、えたいのしれぬこのルードの森のまっただなかで、ただひとり、明け方を迎えようとしている、というこの状態を、歓迎していた。

（考えてみると――俺は、意識を取り戻して以来……というか、記憶がない、ということに気付いて目をさまして以来、たったひとりでいるのは、これが初めてのことだ――）

それは、グインには驚くべき奇妙な発見であった。

つねに、おのれのまわりには人がいる。——最初に、つまり《いまの》グインの意識にとっては生まれてはじめて意識が戻ってきて、目を開いたそのときすでに、視界のなかには、心配しながら彼を見下ろしている、セム族のシバや、ラゴンのドードーたち、すでに彼を知っていたものたちの顔があった。わいわいといっせいにいろいろなことを喋りたてられて、最初は彼はいったい何がどうなったのか、自分がどこにいて、ここは何なのか、何ひとつわからずにくらくらとめまいを覚えたものだ。

その後、セムたちと別れて旅をはじめても、ひとりで歩いていたのはほんの短いあいだにしかすぎなかった。ただちに、こんどはザザとウーラとがあらわれ、そして、それに別れをつげてケス河を渡ろうとした途端に、今度はイシュトヴァーンのゴーラ軍と、ハラスたちだ。

そして、いまはじめて、彼は本当にひとりぼっちなのだった。おかれている状況を考えたら、ひどく心細く、心もとない、おそろしい状況かもしれなかったが、グインはそうは思わなかった。むしろ、ここにただひとりでいて、はじめてどこかが本当によみがえったような心持がしていた。それはむろん、これまでにかれを案じてそばにいたり、面倒をみようとしてくれたものたちが、迷惑だった、というわけでもない。

（ただ——俺は、本当に何もきかず、何も教えられずに、ひっそりとただひとりでいる時間がちょっとだけ欲しかった、というだけのことなのだな……）

なんだか、意識が、セム族の村で取り戻されてからいままでが、グインにとっては、それこそただのひとつながりの悪夢——長い夢のようにとりとめなく、といって切れ目もなく思われている。どこからどこまでが、夢で、どこからが真実なのか、どうしてもわからぬような感じなのだ。

(俺は……なんだか、とても疲れてしまっていたようだ……)

とにかく、落ち着いてじっくりといろいろなことを考えてみる時間さえもあたえられなかったのだ、とグインは思った。というよりも、考えるいとまとてもないほどにめまぐるしくいろいろなことがおこり——その前には、時間はあっても、何がなんだかまったくわからず、説明してくれるものとてもセム族とラゴンの巨人しかいなかったのだ。

(なんだか、このルードの森は……妙に、懐かしい感じがする……)

まるで、自分がかつてそこで生まれ出た、とでもいうかのようだ——と、グインは、うずくまり、遠くからきこえてくる不気味きわまりないルードの森特有の怪生物たちの吠え声や鳴き声にゆだんなく耳をすましながら考えていた。普通の人間であったら、ただ一人、火の守りもなく夜をあかすなど恐ろしくて耐えられぬかもしれぬ、そのルードの森の夜のしじまのなかに、ただひとりでいることを、グインは、少しも恐れてもおらず、イヤでもなかった。

(懐かしい——そうだ、どうして懐かしい、と感じられるのだろう。……自分はこの森を知っている……かって歩いたことがある。それも何回かだ……それほど多くはないかもしれないが、一回限りではない、これがはじめてでもない……むろんこの場所を、ということではない……どこもかしこも、この森はよく似ている。だが、この風景も、この感じも……なんだか、俺はよく知っている、と思える。……それにしても……）

（それにしても、いろいろなときに俺は自分自身に驚かされる――俺、というのはいったい何ものだったのだろう。そして、何故に、こんなにいろいろな知識や技術を持っているのだろう……）

　イシュトヴァーンの軍勢の手に落ちる直前、ハラスを救うために切り込んでいったときにも、かれは、おのれのからだが、まるで戦闘機械でもあるかのように、何もかも心得て勝手に動くことに一驚したのだった。その驚きにゆっくりとつきあっているいとまもなく、事態が展開してゆくために、すべては当たり前で当然であり、自分は何ひとつ驚いてなどいないのだ、という顔をしているほか、どうしようもなかったが、じっさいには、（いったい、どこで俺はこのような戦う方法を覚えたのだろう？）（俺のからだはなぜこんなに勝手にやすやすと人を斬ることを知っているのだろう？）（いったい、俺とは、何ものなのだろう――？）という疑惑は、そのあいだじゅうひたひたと彼の胸を噛んでいたのである。

　それは、あの、ノスフェラスの砂漠のなかで、ラゴンの勇者ドードーと戦ったときにも感じたことでもあったが、しかしそのときには、逆に、ドードーと戦ううちに（これは、俺の経験したことのあることだ！）という確信がこみあげてきて、そちらのほうにひどく気を取られてしまっていたのだった。もしも、この感覚を追及してゆけば、もっともっとたくさんのことが思い出せるのではあるまいか、という唐突な希望にとらわれたのだ。

だが、じっさいにはそうはならなかった——すべてを思い出せそうでいて、どうしても、ひとつひとつは思い出せてもさいごをつなげてくれる《何か》のないまま、彼はノスフェラスを去らなくてはならなかった。もどかしさと不安とは相変わらず彼のなかにひそんだままだったのである。

（だが……）

その後、イシュトヴァーンのことばのはしばしや、また、それ以外にも、ザザやウーラの教えてくれたことどもで、だいぶん、彼も、事情がのみこめてきた部分がありはする。

だが、あまりにもそれはとてつもなく——いきなりそうときかされても、もしもそれがそういうかたちで、当然彼自身も知っていること、として語られたものでなかったのなら、とても信じるわけにはゆかぬようなことばかりだった——（自分が記憶を失っていると知っていてからかっているのだろう？）と云いたくなるような、それほどに途方もない、とてつもない事実ばかりが、あとからあとから、イシュトヴァーンや、またザザの口からも漏れてきたのだ。

(もしも——かれらのいうことばがすべて本当なのだとしたら……)

(だったら、この俺——《ランドックのグイン》とかいう人物はあまりにもとてつもない存在だ——まるで、かれらのことばをきいていると、俺という人間は、この世におきる——少なくとも俺が存在するようになってからは、この世におきるすべての重要な事件に、直接にこの俺がかかわってでもいたかのように思われる!)

(なんということだ——そんなことというのが、あるものなのだろうか? そんな人間というのが、いるものなのだろうか?)

(かれらの話を総合しているかぎりでは……俺、という人間はあまりにもとてつもない冒険を経てきて——あまりにも波瀾万丈で、とうてい、一生が百年あったとしてさえつづりおえないほどに膨大な事件にかかわりあい——戦い、さまざまな人間とめぐりあい……)

(まるで、そうだ——まるで吟遊詩人のサーガのようだ——吟遊詩人……)

そのことばが、心をつついて、ふとグインは目をほそめた。

(吟遊詩人……か)

それについてもまた、誰かに教えられた、という覚えはまるでない。

だが、グインは、吟遊詩人、というものの存在についても、よく知っていたし、それだけではなかった。

(俺は……誰やら、とても親しいものがいたような気がする……吟遊詩人、ということばを思い浮かべたとたんに、俺の心のなかに、なんとなく……あたたかい、だが苦笑まじりなようなおかしな感情が生まれた……イシュトヴァーン、ときいたとたんに、ひどく心が騒いだが、それとも似ている――だがひきおこされる感情はまったく違う、そういうものだった……)

(俺は、たぶん誰やらの吟遊詩人を知っているのだろう。その者がきっと、俺のなかで、吟遊詩人というものそのものの印象を象徴づけてしまっているのだろうな。……だが、そんなこともまた、俺はどうしてこう考えるのだろう。――そもそも、《俺》というものが、考えているとき、その考えのおおもととなっているさまざまな知識や想念は、いったいどこからやってきているというのだろうか……)

もとより、暗がりに問いかけてみても、いらえがあるわけもない。

グインはそれについてむなしく思いをめぐらすのをいったんやめ、そのかわりに、今日一日では手にあまるほどにたくさんに流し込まれた、さまざまな知識のきれはしを、なんとかして整理をつけられぬか、という作業にとりかかってみた。そのつど新しいことばや人名や地名、事件の話などが無造作にイシュトヴァーンの口からくりだされるごとに、なんとかしてそれを覚えておき、そしてあとでそれを整理して、《自分》がかつて、どのようにゴーラのイシュトヴァーンとかかわりをもち、そしてその結果どうなっていたのかを知ろうと思ったのだが、しかし、いまこうして思い出そうとしてみると、それはあまりにも錯綜していて、しかもグインにとってはまったくわけのわからぬことばや、意味をなさぬことを含んでいすぎて、とうてい順序だてて思い出してみるどころではなかった。それどころか、イシュトヴァーンのいったことばさえ、大半はもう忘れはててしまっているのに気付いて、グインはちょっとがっかりした。

だが、それほどひどく失望にうちのめされた、というわけでもなかった――なんといっても、そもそもの最初に、セム族の村で目をさましたそのときには、かれは、何ひとつ思い出せないばかりでなく、口をきくことも、ものを食べる方法も、またからだを動かすことさえもまったく思い通りではなかったのだ。

そのころのことは、まだごくごく最近のことではあったが、なんだか、恐しく遠い夢のなかの出来事のようにグインには思われていた。というか、ずっと長い眠りについていて、目ざめたばかりで頭が朦朧としていたころの出来事、というようにしか記憶されていない。これほど意識を取り戻してからは間がなかったが、そのあいだに、もう、かれは、なんとなく、自分が非常にいろいろな経験を経てきた人間らしい、という感じは自分のなかで確立していた。いろいろなときに突然わきおこってくる感情や知識、経験がもたらす落ち着きのようなものが、自分がだいたいどのような存在であったのかを彼に教えていたし、そしてその後、ケス河周辺で出会った人々――ザザやウーラなどの妖魅たちも含めての反応や態度は、彼にそれを裏付けてくれるものだった。

（ゴーラのイシュトヴァーンか……）

いまのところ、もっともかれにとって興味深い存在であるその男について、グインはじっと目を宙にすえて考えこんだ。もっと気になってたまらぬことば――《ケイロニアの皇女シルヴィア》というようなものもあったが、それについては、（あまりにも資料が少ないので、いま考えてみたところではじまらぬ）として、みずからしりぞけ、考えぬように気を付けていた。もしもここでそれについてあれやこれやと考えはじめると、発狂してしまいそうな気がしていたのだ。それにくらべれば、ゴーラのイシュトヴァーンについて考えることはずっと気楽だった。

（あの男は……なぜ、俺にそのように執着しているのだろう。確かに、あの男は、俺に一度ならずうらみをもったり、あるいはただならぬ愛憎をもつにいたる理由や経過があったらしい……それについては、なんとなく、話しているあいだは納得のゆくような気もしたが、所詮それは、あの男からみた事情にすぎぬ。きっと俺のほうには俺なりの理由や事情もあったことだろう。それがどのようなもので――そして、それがどういう結果を生んだのか、俺は切実に知りたいが――）

そのためには、おのれが記憶を失っていることを、告げなくてはならない。

グインは、ゴーラ軍の虜囚となっていたごくわずかな期間のあいだに、どうやら、自分はなるべく、（いま自分がまったく記憶を失っているのだ）ということを知られぬようにするにこしたことはないようだ、ということを悟っていた。誰もが、かれのことを、なんでも知っていて、なんでも心得ている人間、いわば一種の超人として扱っていた。よほどこの《ケイロニア王グイン》という男は、人智をこえた功績や技倆や戦果をたびたび発揮してみせたのだろうとグインは想像した。

（あのハラス少年はなにやらやみくもに俺を崇拝しているように見えた——ケイロニアというのがどういう国かわからぬが、その国は……俺のような、こんな豹頭の、異形の存在を、王に迎えたり——皇帝の娘を俺の妻に与えることにまったく抵抗は感じなかったのだろうか……）

最初は、セムとラゴンとだけいたから、本当はこの世界での《人間》の標準とはどのようなものか、なかなか理解できなかった。

ついで、水鏡にうつったおのれのすがたをみて一驚し、それとセムやラゴンとの違いにひそかに悩み——だが、その後にあらわれてきたのは、オオカミから馬に化けたり、またオオカミにもどったりするウーラや、大ガラスと人間の女をいったりきたりする妖魅のザザであったから、これまた、人間の基準値、というものを知ることが出来なかった。

だが、ようやく、ゴーラ軍と一緒に行動してみて、やはりこの世界では、《人間》と呼ばれるものは、おのれのように豹頭であったりはしないものである、ということを、グインは確信できている。同時にまた、セムやラゴンという存在も、この世界において はきわめて異形な特異な種族なのだ、ということも——また、ウーラとザザとが、これ はまったく別の、《人間》ならざる存在であるのだ、ということもだ。

それを知るに従って、だが、やはり、グインの疑惑はただひとつの点に集約されていった。

(俺は——)

(俺は、なにものだ)

(この豹頭は一体何なのだ。——なぜ、俺はこのような外見をしている？　俺だけがこのような見かけをしている？——他には、俺のような外見のものはただのひとりもおらぬ……妖魅たち、セムたちまでもいれても、俺は……異質だ)

(異質、というより——異形だ。なぜ、俺だけが皆と違う。——なぜ、俺だけが、このような……けだものの頭をもち、けだものの顔をもち——そして人間の首から下のからだを持っている？　俺は……にんげん、ではないのか？)

(このけだものは……この世界のどこかに現実にいるけだものなのか？　だがセムたち

もラゴンも、そしてまた、ゴーラ兵たちも——むろんイシュトヴァーンは旧知であるから当然にせよ……ハラスも、誰ひとりとして、俺の異形に驚かぬ。——ごくごく当然のように、豹頭王、と俺を呼ぶ。……ほかにも、俺のようなものは、この世にいるのか？これはひとつとしてのひとつの亜種にすぎぬのであって、俺はべつだん、この世にただひとりの疎外された存在であるわけではないのか？）

（わからぬ——最初は、セムとラゴン以外のものに出会えばわかると思った。ウーラとザザに会ってからは、《人間》の世界に戻ればわかると思った。だが、そうしてゆけばゆくほど、しだいにわからなくなる。——俺は、誰だ。俺は、なにものだ。俺はなぜこのように——）

あまりにも、おのれの思念に熱中していたゆえかもしれぬ。

グインとしては珍しく、かれは、あやしい接近に気付かなかった。

第四話　グールの洞窟

1

気付いたときには、すでに、かれは、包囲されていた。

もっとも、それに、それほどの殺意は感じられなかったのだ。もしもそれが感じられていたとしたら、かれのことだ。それほどの接近は許さなかったに違いない。その接近には、殺意も敵意もあまりなかった。そして、あくまでも静かであった。それゆえに、かれは、おのれの想念にすっかり気を取られてしまっていたのだ。

が、気が付いたときにはかれは囲まれていた。そのこともまた、ひどくはっきりとかれは理解した——四囲を囲まれ、退路は残されておらぬ、ということをだ。それにまた、その囲んでいるものたちの数はそれほど膨大に多いわけでもないし、また、それほど近づいてもいない、ということをも。

それらは、かなり遠巻きにして、かれがうずくまっている大木のまわりを囲み——そして、そっと、かれをうかがっていた。気付くと、木々という木々のかげに、青く燃える陰火のようなふたつ目が光っていた。

だが、かれはふしぎなほどに恐怖も、そしてまた、(しまった)という思いも感じなかった。あるいは、その相手など、たとえ何千集まろうとおのれにとってはどうということもない、という安心感や、また、ちょうどおのれがずっと思っていた、おのれの(異形――)についての悲しみや疑問、不条理の思いなどが極限までつのっていたがために、かれには、それらへの嫌悪や反発、あるいは恐怖や警戒が生まれてこなかったのかもしれない。

「どうした」

彼は、まるで、よく知っているけだものへでも言いかけるように、おだやかに声をかけたのだった。おのれがどうしようとしている、という意識さえも、はっきりあったわけではない。ただ、そのときの衝動のおもむくままに、包囲されていることに気付くと同時に、彼は声をかけていたのだ。

「どうした。ゴーラ軍に切り立てられて森の奥まで戻ってきたのか。――きゃつらはなかなか手強いだろう。少なくとも、お前らのような、武器ももたぬ獣人たちには、どう敵対できるあいてでもないと思うぞ。――お前たちをけしかけさせたのはこの俺だが、そのおかげで俺は無事にゴーラ軍から逃げ出すことが出来て、助かった。いわば、俺がお前たちを利用させてもらったのだ。すまなかったな、お前たちの平穏な一夜をおびやかしてしまったかもしれぬ。礼を言うぞ」

青い目の群が、ぐらっとゆれたような感じが、グインにはした。

木々のあいだ、下生えのあいだ、梢のあいだからさえのぞいている青く燃える目は、ざっと数えても、百近くはいるようであった。だが、そんなに大勢の怪物がひそんでいるとは思えぬくらい、あたりはひっそりと静かであった。

「このあたりは、お前たちのすまいであったのか？　だったら、そこにまたこの俺がいてさぞかし驚いたのだろう。それは、すまぬことをしたな。——だが、俺は、べつだんお前たちに害をなそうという者ではない。また、といって、お前たちにとって食われるような者でもない。俺をくらいたいというのならそれはあきらめたほうがお前たちのためだ。そしてまた、俺をおそれることはない。俺はお前たちに何もせぬ」

グインは、ゆるやかにマントをほどき、剣をかかえこんだまま、ひとことひとこと、ゆっくりと続けた。ざわざわとほんのかすかな揺れる気配のようなものが、木々のかげに感じられる気がする。青い目は移動もせずに、またたきもせずにこちらを見ている。

グールに、人語を解する能力があるのか否か、グインはきいたこともなかったし、たぶんそんなことを考えたり、試してみようと思ったものもまた、どこにもおらぬであろう。

「そうだな。考えてみると——俺はノスフェラスでは、セムとラゴンとともに暮らしていたのだよ。――お前たちは、ルードの森のグール一族だ……セムやラゴンと、何がどのくらい変わっているのか、実のところ誰も、お前たちについて詳しく調べたものはいないであろうゆえに、誰もお前たちの本当のことを知っているものはない。――ただ、お前たちは、《屍くらい》として恐れられている、森の奥にすむ半人半獣の怪物、あるいは半人半妖なのか、それだけでしかない。――だが、半人半獣、あるいは半人半妖というのであったら――」

グインは苦笑した。

「この俺も、そうであるのかもしれぬな。だったら、セムとラゴンとお前たち、そして俺――そのあいだに、なにほどの違いがあるのか、俺にはわからぬ。また……俺にとっては、むしろ、ひとのすがたをしているだけ、お前たちやセムとラゴンのほうが、ひとに近い、とさえいっていいのかもしれぬ、という思いもある。……驚いたことだな。そうなると、むしろこの俺が一番の化物であるのかもしれんぞ」

ふ、ふ――とグインは笑った。

ふたたび、森が、ざわっと揺れる気配があった。

そして、ふいに、（キッ）と小さな異様な、声とも音ともつかぬものをたてて、ひょろりと木陰から顔をのぞかせたものがあった。

とたんに、周囲の木々のあいだから、（キキッ）（キキッ）という低いたしなめるような声があがったところをみると、おそらく、ルードの森のグール——食屍鬼ども、とあれほどいやしめられ、おそれられ、いみきらわれ、ひとよりも獣や妖怪のほうにはるかに近いと思われているその存在のあいだにも、ちゃんと、同胞を心配する気持や、好奇心や——といった感情のようなものは持ち合わせがあるらしい。

首をのぞかせたグールは、青い目を爛々と燃やしながら、しばらくグインをじっと見つめていたが、好奇心にたまりかねたように、そっと茂みからあらわれてきた。グールの全身像というのは、真夜中にあらわれ、そして朝にはいっせいにすがたを消してしまっている徹底した夜行性ゆえに、ほとんど知られることもないのだ。グインは興味をもって観察した。

それは、セムよりはかなり大きかったが、普通の人間には及ばない、おそろしくやせこけた裸の怪物で、サルともつかず、人ともつかぬ、手足がとても長いのでどちらかといえば人蜘蛛をでも思わせるようなぶきみな体形をしていた。そして、本当に文字どおり一糸をもまとわぬまっぱだかであった。

もっとも、全身を、黒茶色の長い剛毛がおおいつくしているので、はだかといっても、人間のはだかとはずいぶん違う。腹のあたりは白い毛がうすく生えており、陰部のあたりはまた黒い剛毛になっているが、手足のさきは白く、手首と足首からさきは長い指にまがりくねったするどいツメが生えた、サルのほうに近いような手足がついている。

顔も剛毛におおわれていたが、そのなかに鬼火のように光る青い目をそなえていた。そして大きな、くさい牙のはえた口。

耳は頭の上のほうまでもつきたっており、そのせいでひどくけものじみてみえる。だが一応二足歩行をしており、しかし、背中はひどくまがっていて、手は長すぎるので地面につくほどだった。移動するときにはその手も足同様につかってすばやく動き回るらしい。毛に覆われた顔面には、表情らしい表情というものがなかったが、おちくぼんだ目はつよい興味を示してグインを見上げていた。立ち上がっても、グインのせいぜい腰のちょっと上くらいまでしかなかっただろう。

「ふうむ……」

グインは、まじまじと《ルードの森の人食い鬼》を観察した。しかし、その口からもれたのは仄かな失望の声であった。

「そうか。お前たちも――お前たちのほうがやはり、俺よりずいぶんと人間に近そうだな。――俺の首から上のほうが、はるかに、お前たちよりも獣そのもののように俺には思われる」

グインは苦笑した。

「まあ、いまさらそのようなことをいっていてもはじまらぬが――いったい、なんで俺はこのような外見をしているのだろう？　どうしても理解できぬ――なんだか、おそろしく異質で、孤独で――そして不安なものだな。あまりにもひとと異なる外見をしている、ということは。そして、なぜそれがおのれであるのか、どうしてもわからぬ、ということは……まあいい。そんなことはかまわぬ」

グインは、ゆっくりと立ち上がった。グールどもを驚かせぬよう、きわめてゆっくりと立ったのだが、とたんに、「キイッ」と金切り声をあげて、すがたをあらわしていた一匹のグールは木のうしろに飛び込んだ。

あちこちから、キッキッという低い叱責とも、警戒ともつかず鳴き交わす声がおきる。だが、グインが、それをきいてまた、そっと腰をおろすと、その囁きはしずまった。

「お前たちは、どうしたいのだ？」

グインはおだやかにまた口をきった。まだ、かれらとのあいだに交流をうちたてるのは難しいだろうか、少なくとも時期尚早のようだ、と判断したのだ。

「俺をくらうことはお前たちには無理だぞ――たとえ何千匹集まってこようともな。お前たちには、俺を弱らせることも、やっつけることも出来ぬ。――それに、俺は、お前たちからは、どうも、何も感じぬ――ぜがひでも俺をとってくらってやろうというような殺気のようなものも、といって、強い敵意のようなものも感じぬ。――もちろん親愛の情も感じるわけではないがな。……それで、俺は少し戸惑っているのだ。お前たちは、何しにここにあらわれた？　もう朝だろう。そしてお前たちは、朝の光を何よりもおそれる生物だときいている。こんなに長いあいだ、このあたりにいて、かまわぬのか？それとも、俺をみていていて、いったいこれは獣なのか、人なのか、と興味をわかしたとでもいうのか？　だとしたら、お前たちにも、ひとなみに——というのは言い過ぎでも、セムやラゴンなみの知恵や好奇心や関心はある、ということだな。どうしたいのだ？お前たちのなかにはかしらだったものなどはいるのか？　お前たちは、どのようにして暮らしているのだ。この深い森のなか、誰も人間の近づくこととてもないルードのふかい深い森のなかで？」

「キキッ」

するどい、だがかなり明瞭な意志をはらんだ声がした。

そして、ふいに、長い手で、ぶらり、と目の前の木の枝からぶらさがって姿をあらわし、すとんと草地の上におりた、一匹のグールがあった。

それはさきほどあらわれたやつにくらべるとかなり巨大で、そして、顔のあたりの毛がみな白くなりかけ、からだじゅうのあちこちの毛もすりきれているところからすると、かなり年がいっているらしい。頭のてっぺんも、少し毛がすりきれていた。

「お前が、親玉か？」

グインが云った。グールは、陰険に燃えるような目でグインを見上げていたが、ふいに——たぶん、グールにとってはたいへんな勇気のいる行動だったことだろう——グインにそろりそろりと近づいてくるなり、グインのマントのはしをつかみ、それをかるくひっぱった。マントを奪おうとしていると誤解されては困る、とでもいいたげな、軽い、力をおさえた引っ張りかただった。

グインは驚いた。

「どうしたのだ？　お前は何を云いたい？　まさか、俺に、ついてこい、などといっているわけではないのだろうな」

グールは、どうやら、人語のほうはまったく解しないようだ。

ただ、グインの声の響きのなかにあるものには、非常にすばやく反応しているようだった。そのグインの声のなかに敵意の影のないことが、グールたちを少し安心させているらしい。グインが、喋り続けていると、ものかげに潜んだ影のようなグールたちの動きが少し落ち着き、グインが喋りやめて動きだそうとすると、さっとざわめきが戻ってきて、逃げだそうとしたりするのか、ざわざわと動き始めるのだ。

それに気付いたので、グインは、ともかくも、おだやかな声でずっと語りかけることにした。

「そうなのか？　これは驚いた」

親玉のグールは、グインのマントをひっぱり、その手をはなすと、ちょっと飛び跳ねるような独特の歩き方で、歩き出した。だが、それからグインがついてこないのをみるとまたしても、戻ってきてグインのマントのすそをちょっとひっぱる。まったく見かけは違うけれども、少し、セム族を思わせる動きだった。

「お前たちももともとは人間であった——という、あの吟遊詩人のサーガはまことなのかもしれぬ、とも思われてきたな」

グインは静かに笑った。そして、ゆっくりと立ち上がった——こんどは、ざわざわっとグールどもが、木陰でいっせいに動き出す気配がしたが、それは怯えて逃げ出す物音ではないようだった。

グインのマントをひっぱった大きなグールは、グインのほうをしきりとふりかえり、ついてくるだろうか、と確かめるようにしながら、森のなかへ入ってゆこうとする。グインは肩をすくめた。

「困ったな。お前たちの招待にも興味がないわけではないのだが……俺は、そちらの方角ではなく、南西の方角へ——遠いパロという国へゆかなくてはならぬのだよ。いまここから、お前たちの連れてゆくほうにゆくと、そこからまたどのようにして南西を見出してよいものか、俺はわからなくなってしまう。そう思うと、なかなか、本当は、ここでお前たちの招待を受けるというのは俺にとっては難儀なことなのだがな」

何をしているのだ——というように、老グールがキキッと鳴いた。じれったそうでもある。

と思うと、グインの前に戻ってきて、影のようなしぐさで、しきりと頭をさげてみせはじめた。そしてまた、こんどはいちだんと大胆に、グインのマントを引っ張りに戻ってくる。それはいかにも、(頼むから、急いでくれ)といっているように思われる。グインが動かないと、また老グールは同じ動きをくりかえした。頭を地面につけるようにして何回も頭をさげる。そして、グインのマントをひっぱって、歩きだそうとするのだ。どうやら、(頼みがあるから、ついてきてくれ)といいたいらしいことが、しだいに明瞭になってきた。

グインは迷った。ここで、グールどもの頼みをむげにはねつければ、グールたちは襲い掛かってくるかもしれぬ。それはべつだんおそろしくもなんともないが、しかし、ここで、そのようにして無益な殺生をするのは、いかにもむごたらしいことにもグインには思われて気が進まぬのだ。だが、グールについてゆけば、道も見失い、また、もしかして何かの悪だくみのようなものが、ひそんでいないとも限らぬ。

(どうしたものかな)

グールは、朝の光にたえられぬ——ということばを、グインは思い浮かべた。

そしてつと東の空をあおぐ。すでに、完全な闇は去りかけ、ゆるやかに、朝の光がルードの森の彼方を染め上げはじめている。もうあとものの半ザンもすれば日の出が訪れるだろう。

（だったら……それまで、グールどもをなんとなく相手をしてやっていれば、あるいは、きゃつらのほうで、朝の光とともにあわてて隠れてしまうかもしれんな……）

それまでの辛抱か、と思われてきた。グインは、ゆっくりと身をおこし、もどかしげにこちらを見かえっている老グールのほうに歩き出した。

とたんに、老グールだけではなく、森の木々のあいだからも、キキキッ、というような低い歓声がおこった。そして、ざわざわっと、木々が動いたような錯覚があった。

グインは油断なく身構えつつも、老グールについて、木々のあいだに入っていった。グールたちは、決して全身をあらわすことはしなかった。最初に顔を出したあの剽軽なグール以外のものは、決してそのすがたを見せることさえもせず、ただ、ざわざわとした気配とかすかな物音だけを残しながら移動してゆく。移動しているらしいことは、気配が移ってゆくことでもよくわかるが、決して姿をみせぬのが、いっそう幽鬼のような印象をあたえる。

そのなかで、老グールだけは、すいすいとグインのちょっと前を両足と、ときたま両手でからだをささえながら飛ぶようになめらかに移動していた。そして、ときたまふりかえって見て、グインがちゃんとついてきているのかどうかを確かめるのだ。

グインはいささかの不安を覚えながらも、ともかくも武器ももたぬグールを蹴散らすのなど、たやすいことと確信していたので、そのまま大人しく老グールに導かれるままにつついていった。だが、それが、来た道を戻っているのではないか、北のほうへ戻りつつあるのではないか、と、太陽のさしそめる光から判断したときには、さしものかれもぐらつきそうになった。グールたちになにかだまされているのではないか、という気がしてきたのだ。

だが、老グールのようすに何か、妙に切迫したものがあって、それがグインをひきとめた。グインは、なおもためらいながら、老グールについていった。

どのくらい歩いたのだろうか。それほど長くもなく、老グールが足をとめてまたグインをふりかえったとき、グインは大きくうなづいた。ようやく、事情がすべて飲み込めたのだ。

からみあうようにして生えている二本の大木があって、ひどくあいだが狭くなっている部分があり、その二本の木のちょうどあいだのところに、上から、太い枝か、それともう一本の若木なのか、それが落ちてきて、木のあいだにはさまってしまったのだ。そして、そのはさまった枝の下に、二本の木と、そして落ちてきた枝とにはさまれて動きがとれなくなってぐったりとしている、小さなグールの姿があったのだ。それを指さして、しきりと老グールが、また頭をさげるそぶりを繰り返すのをみて、グインは、グールたちのいいたいことがすべてはっきりとした。

「そうだったのか」

グインは笑った。

「この子がはさまれてしまって、どうしてもお前たちには動かすことができぬので、助けてほしいといっていたのか。――もしかして、あのゴーラ軍から追われて逃げ散るときにこういうことになったのか？　方角からいくと、もう、まもなくあのゴーラ軍が開いた道になるはずのあたりだろう」

「……」

老グールは、もどかしそうに、しきりと頭をさげている。

その木々のあたりは足場が悪く、大勢でとりついて力をあわせる、ということが出来ぬらしい。それで、かれらは心配しながら、どうすることもできなかったのだろう。

グインは、無造作にその木に近づいてゆき、ちょっと足場を探し、それから肩をいれて、その枝をぐいともちあげにかかった。思ったより厄介な仕事であることがわかった。木々の枝がからみあい、また、落ちてきたときに枝の一部がきっちりと下の木の枝とからみあってしまって、それで動かすにも動かせなくなってしまっていたのだ。グインはいったんさがると剣をぬき、からみあっている木の枝を慎重に切り払った。それから、また剣を腰にもどし、また近づいていって、肩をいれてぐいと枝を持ち上げた。こんどは、比較的簡単に、枝が偶然作り上げたわなははずれ、小さなグールの上に落ちかかっていた枝は動いた。

そこにはさまってしまっていたグールはまだ子供であるようだった。ぐったりしたまま、枝がなくなっても動かない。グインはその小さな毛むくじゃらのからだをそっとかかえあげて、そして木々のあいだから救い出し、地面におろした。とたんに、キーッというような低い歓声がグールたちのあいだからおこり、そして一匹の雌らしいグールが飛び出してきて、その小さなグールを両腕にかかえこむなり、矢のようにまたものかげに飛び込んでゆく。老グールが、しきりとふしおがむようなしぐさをはじめた。礼を言っているようだった。

「お前たちにも親子の情だの、仲間を思う気持ちがあるのだな、ルードの森のグールたちよ」

グインは奇妙な思いにとらわれながら云った。

「なるほど、本当の死霊ででもないかぎりは、そういうものを持たぬわけはないのだな。なぜなら、お前たちだって、繁殖して——そしてずいぶんと長いあいだ、このルードの森で独自の暮らしを築いてきたのだからな。それを思ったら、お前たちを、屍食いのどうのと罵る人間たちだって、似たようなこともしておれば、もっと酷いことだってしている。お前たちだって——逆にお前たちは、いつもこのルードの森に人々が入ってくるわけではないのだから、そうそう屍食いだの、人食いだのと云われるいわれも本当はないわけなのだな。たまたま迷い込んだ人間がいれば当然とってくらうだろうが、それはオオカミだって同じことだ。——それを思えば、かえって、生きるためにそうやって獲物をとって食うという、獣としては当然のことをしてきびしい条件のなかで生きているだけのお前たちのほうが、はるかに、私利私欲のためにひとを殺したり、おのれの病のためにひとをさいなんだりする人間どもよりは、健全で健康なのかもしれんな」

グインのことばに、長老グールは小首をかしげたが、また、繰り返して頭をさげ、地面にそのてっぺんのはげてきた頭をすりつけるようにした。それから、何か物問いたげなようすでまたグインのマントのすそをつかんで引っ張る。礼をどうしたらいいだろうか、とでも云いたいのではないか、と察して、グインは笑った。

「まあ、役に立ってやれてよかったな。確かに、お前たちは、膂力はそれなりにありそうだが、こういっては何だがあまり知恵のほうはありそうもないからな。——まあ、ルードの森から出ないでひっそりと生きてゆくのが一番お前たちにとっては幸せなことなのだろう。だが俺は出ないわけにはゆかない。ちょっと遠回りになってしまったが、どうやらもうゴーラの軍勢はここを見捨てて移動してしまったようだな。俺の考えでは、いったんせっかくかなりゴーラの軍の作った道から遠くへ移動したものを、お前たちにせがまれたのでまたかなり戻ってきてしまったが、ここまできてもゴーラ軍らしい物音は聞こえてこぬからな——待て。そうでもないか」

ふいに、グインは緊張した。

（オーイ）

（オーイ）

（グイン陛下！　ケイロニアの豹頭王グイン陛下！）

遠くから、風にのって、かすかな声が聞こえてきたのをききつけたのである。

「俺を捜す追手が出ているらしい」

グインはつぶやいた。その声は、二回目には、さらに近くなっていた。

（オーイ）

（オーイ）

（ルードの森で夜明かしされるのはお命にかかわります。お姿をおあらわし下さい。イシュトヴァーン陛下が案じておいでになります。グイン陛下！）

「そういうことか」

グインはつぶやいた。そして、老グールを見た。

「お前たちはどうする。もう、夜が明けるぞ」

夜が明ければ、森のなかにもひそみにくくなるだろう。ゴーラ兵たちに見つかれば、また無益な殺生もしなくてはならぬ。

「俺は、行かねばならぬのだが。お前たちも消えたほうがいいぞ。もう朝だ」

グインが云ったそのときだった。

老グールが身をおこした。

2

「ケーッ！」

するどい、鳥を思わせる声だった。

とたんに——

「あッ」

グインの——珍しくもグインの口から、するどい叫びがほとばしっていた。

突然、ものかげにひそんでいた何百匹ものグールたちが、いっせいに飛び出してきて、グインの手足に飛びついたのだ。さしものグインもふいをつかれた。というよりも、それがもしも、殺意を感じさせる攻撃であったら、反射的にグインの剣が鞘走っていただろう。だが、やはり、グールたちの動きは殺気も攻撃性も感じさせなかった。それで、グインは叫びながらも剣を抜かなかった。

グールたちはいっせいにグインにとりついた——そして、グインのからだをかかえあげた。グインは剣を抜こうかどうしようかと迷いながら、そのままかつぎあげられた。

再び老グールの口から短い吠え声が発せられると、グインの巨体は、そのままグールたちにかつぎあげられ、森のなかをたくみに縫うようにして運ばれはじめた。

「おいおい」

グインは思わず叫び声をあげた。

「俺をどうするつもりだ。どこに連れてゆくのだ。俺はゆかねばならぬところが――」

が、グインははっと口をつぐんだ。

(オーイ、オーイ)

(グイン陛下ぁ)

(グインさまぁ)

ゴーラ兵の声がいちだんと近くなってきたのだ。

そして、グールたちは明らかに、ゴーラ兵たちと正反対の――グインが懸命に頭のなかで追ってみたり、太陽の位置から推測したところでは、たぶん南西の方角へと、グインを運ぼうとしていた。

(こやつら――俺に、礼でもするつもりなのか)

ちらりと見やると、別のグールたち数匹が、確かにグインの助け出したやつらしい、小さなグールをかかえあげて同じように運んでいるのが目に入る。そのかたわらを、そのグールをかかえあげた雌のグールらしいのが、跳ぶようにしてついて走っている。

とりあえず、なるようになれ——とグインはとっさに腹をくくった。どちらにせよ、ゴーラ兵たちに追ってこられたら、ゴーラ兵たちを相手に戦わぬわけにはゆかない。もう、グインは二度とふたたびイシュトヴァーンの手に落ちるつもりはなかった。

（俺が、奴の手に落ちることは、俺のために難儀なだけではない——何故かはよくわからぬが、イシュトヴァーン自身のためにも、かなりよくないこと——であるような気がしてならぬ……）

なぜ、そのように感じられるのかはグインにもわからぬ。

ただ、おのれでさえ——いま現在のおのれでさえ知らぬ、イシュトヴァーンとのあいだの長いあつれきや葛藤や絆、そういったものが、たぶん記憶を失ったグインのなかにひそんでいて、そしてそれが勝手に動いてそのようにいまのかれに警告している——と、そのように、彼には感じられてならぬ。

そして、（この直感に限らず——どうやら、俺は、おのれの直感には、従ったほうがいいらしい……）と、彼にはすでに、これまでの経験からも、強く感じられていたのだった。

（まあいい——ゴーラ兵を切り倒すよりも、いざとなれば、グールどもを切り倒すほうが気も楽だし、からだも楽だろう……ゴーラ兵どもは、すでにひとたびことばもかわしてしまっているし……それに、かれらは俺が何者であるかも知っているわけだからな…

…）

べつだん、そのうらみをおそれるわけではないが、いざとなれば、おのれの名を呼んでうらみながら死んでゆく、故郷には家族を持つ若者たちよりは、こういっては何だが、個々の見分けもつかぬ獣人であるグールのほうが、まだしも殺しても気がとがめぬというものだろう。

そう思って、グインは、何も考えるのをやめて、グールたちの手に身をゆだねた。

グールたちにとっても——大勢で持ち上げていても、やはりグインはかなり手にあまる大荷物のようだった。そもそもグールたちはおそらくあまり食糧がこのルードの森のなかでは豊富でないのか、あるいはこれだけ大勢いるとなかなかゆきわたらぬのだろう。かなり明るくなった森のなかで見ると、ぞっとするほどにみな痩せこけている。もしも、それを、（ルードの森のグール）と知らなかったとしても、かれらがそうやって立ち現れただけで、その、全身に剛毛をはやし、そして幽鬼のようにやせこけたすがた、おちくぼんでぶきみに光り輝いている目——それだけで、世にもぶきみな怪生物として、ひとびとの心胆を寒からしめるに充分すぎるだろう。

（こやつらは——いったい、どこでどうやってこのような生物への進化の道を選んだことか……）

まだまだ、この世界にはあまりにも不思議がたくさん残っている——グインは、その、くさいグールたちの手につかまれて持ち上げられて運ばれながら、思わず嘆息をもらした。ノスフェラスのセムといい、ラゴンといい、それだけでも充分すぎるほどに不思議な《亜人類》である。だがグールはさらにそれに輪をかけている——しかも、それは、どのような不思議をもそのただひとことで説明しうる《ノスフェラス》とは、近い——ケス河ひとつを隔てたのみとはいいながら、決して本当のノスフェラスの版図とはいえぬ、かりそめにも中原の、ゴーラの一部であるモンゴールのなかにあるルードの森に棲息しているのだ。

(まだ、他にも——誰にも知られておらぬ場所にはずいぶんと不思議な生物、亜人類——いろいろな文化もあるのかもしれぬな。……それに、さらに——妖魅たちまで)

ウーラやザザのことも頭をかすめる。あの陽気な妖魔たちは、無事におのれの版図であるノスフェラスまで戻れただろうか——そして、それに送られていったはずのハラスたちはこのあとどうなってゆくのだろう、とも遠く案じられる。それほど、身にしみて気がかりだったというわけでもなかったが、かよわい女子供と負傷者たちを連れ、あまり経験もなさそうなうら若いハラス——しかも怪我をしてしまった——が率いてあえてノスフェラスに新天地を求めようとしたかれらの行く手、運命がどのようになるのか、ということについては、気にならないではいられなかった。といって、グインがどうしてやれるという間柄でもない。

いきなり、「ケケケッ!」という命令らしい叫びとともに、グインのからだは、地面におろされた。充分に気をつかった、そっと気遣う下ろしかただった。グインが横たえられたのは、草の上だった。

ぱっとはねおきたグインは目をみはった。目の前に巨大な洞窟の入口が、木々のなかにひっそりと口をあけている。——半分、地下に埋もれるように下にむいてひろがっているとおぼしい洞窟である。

そこにたどりついたときにはすでに、もうなかば朝日はのぼりきっていた。こんなときまで、外に出ていることはおそらくないらしく、グールたちは動揺が激しく、キキッ、キキキッと短い声をあげながら、次々にその洞窟のなかに飛び込んでゆく。どうやら、そこが、グールたちにとって——少なくともこのグールたちにとっては、朝から昼、太陽が出ているあいだの、かくれがであり、安全な縄張りであるらしい。救われたような歓声をあげながら、グールたちは次々に洞窟のなかに逃げ込んでゆき、あっという間に、そこには誰もいなくなった。あの傷ついた子供のグールも一緒に運びこまれていった。

残っていたのは、グインをいざなったあの大きな老グールだけだった。老グールは、奇妙な、一種悲しみに似たものをたたえた目で、グインを見つめた。そして、その長い腕で、ゆっくりと洞窟をさししめし、そしてまた頭を下げてみせたのだった。

云わんとするところははっきりしていた——老グールは、「種族の子供を助けてもらって有難う。この洞窟が我々の家だ。入ってくれ」といっているのだ。

グインは瞬間迷った。だが、そのときには、さしもの彼も相当の疲労を覚えていた。ずっと、夜通し大暴れもしたし、また、休むいとまもなくまたしてもグールにおびやかされ、それに、ずっと食べ物もありついていないのだ。

(もっとも、グールの食事はちょっとともにするのはごめんだがな……)

苦笑まじりにグインは考えた。だが、腰の隠し袋には、確かザザが持たせてくれた干し果実や干し肉がまだ少しはあるし、小さな水筒にも、水が入っているはずだ。そういえばすっかり、体のことをかまってやるのを忘れていたな——また苦笑まじりにグインは考えた。

老グールはなおも、洞窟の入口の前で、じっとグインを見上げている。

「俺にその中に入れというのか?」

グインが聞いた。老グールは、ことばの意味はわからぬままのようだったが、なんとなく、重々しく何回も頭をうなづかせてみせた。

グインは腹が決まった。

「この世界広しといえども、ルードの森のグールに招待をうけて、そのかくれがに案内してもらった人間など、俺一人だろうよ」

笑ってグインは云った。

「ならば、招待にあずかるということにしよう。――お前たちも、俺が伝えきいていたような、ただのまったくの食屍鬼の獣人というだけでもなさそうだ。――いや、そうなのかもしれぬが、それでもそれなりに、文化だの、生活だのを持っているには違いない。だったら、べつだん――よしんば人間をくらおうと、死体をくらって生きていようと……それはべつだん、俺が非難するようなことではないからな。俺たちとても、ある意味死肉をくらって生きているということには何の違いもない――それが、牛や豚ならばよくて、ひとの肉なら呪わしい、などというのは、人間の我儘勝手というものだ。俺はそう思う」

「キ、キ。キキキキ」

老グールは声をたてた。なにゆえか、その声が、ちょうどグインのことばに賛同してでもいるかのようなひびきに聞こえた。

「では、中にいれて休ませてもらおう。食事はともにするには及ぶまいが、ともかくちょっと眠らせてもらっただけでも俺にとっては有難い。それにまあ、お前たちが何千匹でかかってこようと、俺にとっては大したことではない――というより以前に、俺の肉が、お前たちを養う用にでもたつのなら、それはそれで嘉《よみ》すべきことかもしれんでな。――俺も、なんだか、いろいろなことがよくわからぬようになってきた。このあたりで一度、眠って頭をすこやかにせぬわけにゆかぬかもしれん」

云うと、グインは、思い切って、身をかがめ、その洞窟のなかに足を踏み入れた。

ひんやりとした空気が鼻と顔をうった。中は相当広いらしい、ということが察せられた——中にはまったく光がないのかと思っていたが、そうでもなかった。入口界隈はまったく暗かったが、洞窟はかなり奥のほうへひろがっていて、その奥のほうからは、かすかに、青白い光が見えていた。少なくとも、洞窟の奥には、光源となる何か、あるいはあかりの類があるのだ。

あかりがあるのなら、多少は文化といっていいものがあるのだろうか——グインは、ふりかえった。老グールが、洞窟の入口の内側のかたわらに積み上げてあった、木の枝の束のようなものを、持ち上げて、それで洞窟の入口をふさいでいるところだった。扉をしめたり、閉じこめたりする、というのではなく、外界から発見されぬように入口を隠したり、また、外のあかりが入ることをふせいだりするためのもののようだった。

「これはまた、とびきり奇怪な——奇態な経験といわねばならぬようだな。グールの長どの」

グインは低く笑った。

「グールの洞窟か！　こんなところに入り込んだ人間は確かにいまだかつて一人としていなかっただろうな！　しかもそれが、とって食われるためではなく——あるいはそうなのかもしれぬが——生きたまま、虜囚としてでもなく、ということになるとな」

「キキキッ」

短く、老グールは答えた。明らかに、それは返答であった。といって、グインのことばを理解してのことではないのは明らかであったが。彼は、ただ、グインが何かを話しかけてきている、ということを理解して、それに対して対応しようとしているらしかった。

老グールは、グインのマントのすそをつかんだ。そして、奥に入ってゆくように、いざなった。おのれが先にたち、入ってゆく。洞窟のなかには細長い通路が出来ていた。その足元はかなり踏み固められていて、ずっと長いあいだ、グールたちがそこを行き来して踏み固めたのだろう。その通路は少しづつ下り坂になっていた。

洞窟の中はかなり湿っぽく、そして暗かった。ヒカリゴケらしい苔がちょっとところどころの壁にへばりついていたが、それはあまり光源としての役割は果たしていなかった。

すでに、先に入っていったグールたちは、ためらわずこの坂道を降りて、洞窟の奥深くに入っていってしまったらしい。もうどこにも姿が見えなかったが、遠くの先のほうから、かすかにざわめきのようなものと、大勢の気配が聞こえ続けていた。老グールは、少し焦っているらしく、グインのマントを引っ張って少し足をはやめた。

グインはそれに引っ張られるままにやや急いで坂を下っていった。が、ふいに、目の前に開けてきたものに、思わず声をあげた。

「こ——これは——！」

それは、予想もしていなかったものだった——彼の目の前に、突然、素晴らしくみごとな鍾乳洞があらわれたのだ。

上から下まで、みごとな乳白の柱が何本もつららのように垂れ下がっていた。そのかたわらにはまるでブドウの房のようにでこぼことしているものもあった。下から上にむかってみごとにそびえたっている石筍も数知れなかった。それらの鍾乳石や石筍も、その乳白色の石に覆われた壁も、どうやら普通の鍾乳石とは少し成分が違うのか、中に光の成分となるなにかがはらまれているのか、うっすらと青白く輝いているのだ。さきほど、洞窟に入ったときに、遠くから見えた青白い光源はまさにこれだった。

「これはまた、見事なものだな——！」

グインは思わず嘆声を発した。老グールはしかし、当然のことながら何の反応も示さなかった。むしろ、そこでグインが足をとめたことをもどかしげに、早くきてくれといいたげにグインのマントをまた引っ張った。

「驚いたな。このような大鍾乳洞がルードの森の地下にひろがっていたのか。それが、グールたちの本当のすみか、かくれがだったのか。——ここに昼は隠れ、そして夜はルードの森をわが天国と、お前たちは遊びまわったり、獲物をとらえたりしに出てきて、朝の光とともにこの鍾乳洞にもぐりこんでいた、というわけなのだな！」

感嘆して、グインは呟いた。老グールはいっそう足をはやめた――道は、そのみごとな鍾乳洞をぬけて、さらに下にむかっていた。

もうだが、あたりは暗くなかった。そしてまた、そのあたりから、グールたちのすがたが見えるようになっていた。グールたちは、あの巨大な鍾乳洞のホールをすぎたあたりから、三々五々、いかにも平和な生物ででもあるかのように、そのあたりの地面に座り込んだり、走り回ったり、用ありげに行き来したりするようすを見せ始めていたのだ。森のなかでは、木々のかげにかくれ、なかなか全身をあらわすまいとするグールたちだったが、この、全体に青白く光っているあやしいとざされた世界のなかでは、いかにも安心しきっているようすで、なかには地面にねそべっているものもいたし、鍾乳石にぶらさがっているものもいた。天井はおそろしく高く、そして、壁はすべて青白い石灰石でおおいつくされていた。その青白い別世界のなかを、全身をこわい毛につつまれた半人半獣のグールたちが好き勝手にうろつきまわっているさまは、不気味でもあったが、また、なんともいえぬふしぎな幻想的な世界をも思わせた。

そのなかにただひとりマントに身をつつみ、腰から剣をさげて立っている豹頭のグインもまた、ひとつの神話の絵姿だった。彼は、感心してまわりを見回しながら老グールについていったが、しかし、もうひとつ奥のホールに入ると、老グールはそこで足をとめた。いかにも、（どうぞ、上座へ）とでもいいたげに、老グールは、グインに、そのホールの奥のちょっと高くなったところを指さした。そこには、何か毛皮だの、もしかしたら死体からはぎとった衣類がボロ切れと化したのかもしれぬ、と思わせるえたいのしれぬ布地の残骸などが積み重ねてあった。おそらくはそこが、この老グールの《玉座》にほかならなかったのだ。なぜなら、いたるところで寝そべったり、互いのからだののみをとったりしているグールたちが、その一角にはまったく近づこうとしていなかったからである。

老グールに導かれるままにグインはその、グールの玉座に座った。その一角もまた、すべて青白い鍾乳石と石灰石で天井も床もはりつめられ、石筍がたくさん突き立っており、上から鍾乳石の滝が落ちている、ふしぎな空間であった。そのなかで遊んでいるグールたちのなかには、まだごく小さな子どもだろうと思われるものもたくさんいた。おそろしくたくさんのグールたちがそこにいた——いずれもグインにはほとんど見分けがつかなかったが、ここがグールたちの楽園であることだけはわかった。かれらはたいした道具ももたなければ、また私有財産のようなものももたぬ、セムやラゴンよりももっとずっと原始的な段階にいるようだった。グインをその玉座に座らせると、老グールは、何かまた合図するらしい声を発した。すると、何人かのグールたちが、いろいろなものを運んできてグインの前においた。

グインは少々困惑した――それは、焼いてない、生のままの肉で――グインがそっとそれについてだけは胸をなでおろしたことには、どこからみても、人間の死体ではなく、何か四つ足の大きな獣の下肢の部分であったが――その上、毛がついていた。しかも、もう殺してからいくらか時間がたっているらしく、かなりの異様な臭気を放っていた。

老グールがさらに奇声を発すると、別のグールたちが、今度は、手で囲うようにして、別の木の実や果物のようなものをたくさん運んできてグインの前に落とした。それから、別のものが、くりぬいた大きな木の実の殻のようなものに、水か、それとも何かえたいのしれぬ液体を入れたものをいくつも持ってきて、これまたそっとグインの前においた。どうやら、グールたちは、グインに仲間を助けられたのをひどく恩に着て、グインのために精一杯のもてなしをしようとしているところであるらしかった。

それは、グインの胸を奇妙な感慨でみたしたが、しかし、生のその肉には困った。いかにたいていのことには驚かぬグインといっても、腐りかけた、しかもまったく皮も骨もついているままの――つまりは死体をばらしただけのような肉にかぶりつく、というのは、論外であった。

だが少なくともそこにある木の実は食べられるようだった。グインは気を付けてそれをとりあげ、においをかいだ。見たことのある、と感じられるものはあまりなかった――しかし、そっと舌をつけてみると、グインのありがたい直感力が、（これは食べられそうだ）（これはよしたほうがよさそうだ）などと、いちいち告げてくれた。

とりあえずはその直感力に頼っているしかなさそうだった。グインは、それをふんだんに利用することに心を決め、いくつかの木の実を食べ、それから、おそるおそる木の実の殻に入れた液体に口をつけてみた。それはどうやらただの水であるようだったが、奇妙なことにしゅうしゅうと泡がたっていた。グインがけげんそうな顔をしていると、老グールが、あれを見ろというように奥を指さした。そこに、小さな泉があって、そこにしゅわしゅわと泡のたつ水がふんだんにふきあがっているのだった。それはどうやら、天然の炭酸水であるらしかった。

グインは、それを少し飲み、木の実をかじった。が、そのあたりで、ひどく疲れてきたので、身振りで、やすみたい、というようなしぐさをしてみせた。

こんどのその身振りによることばは、少なくとも老グールには文句なく通じたようだった。老グールは、グインのかたわらに寄ってきて、グインのからだを横たえるようなしぐさをし、そして、グインのマントをからだのまわりにひろげてやるような格好をしてからひきさがった。そして、そこに座ったまま、じっとグインを見つめていた。

グインはマントで口もとがかくれるようにマントをひきあげると、そっと、腰からおのれの持参の水筒をはずして口に持ってゆき、好きなだけ飲んだ。それから、そっとまたかくしから干し肉を取り出して口にいれると、それをゆっくりと嚙みはじめた。それを飲み込み、またそっと水を飲むと、当面、充分すぎるほどの元気の補給になったと感じられたので、グインは豪胆にも目をとじた――そして、思い切って眠ってしまうことにした。もしも、グールどもが、この俺をくらおうという魂胆があったとしても、それはそのときのことだ、と彼はおのれに言い聞かせた。

(まあ、いい。どちらにせよ、どこかで寝たり食ったり休んだりしなくてはからだがもちそうもないし、こののちルードの森を単身抜けてゆくことになるのだったら、いずれはグールたちとは、戦うか折り合いをつけるか、なんとかして、うまくやってゆかねばならなくなるわけだ。――そう思えば、いまここで寝て体力を回復することが一番いいはずだな)

ゴーラ兵たちは依然としてグインを探しているのだろうか。もうこの鍾乳洞に深く入ってきてしまったからには、まったく当然ながら外の声などは聞こえてこない。

確かにここは当分一番安全な場所かもしれぬ、とグインは思った。ゴーラ兵がよしんばグールの洞窟を万一見つけたとしても、よもやその中にケイロニアの豹頭王がこともあろうに客として迎えられてひそんでいるとは夢にさえ思いつくまい。

また、それがグールの洞窟だ、とわかったとしても、あえてそれを殲滅しよう、などとまでイシュトヴァーンが思うかどうかだ、とグインは考えた。

(とりあえずイシュトヴァーンの目的はハラスであって、ルードの森からグールを殲滅する、などということはいかなイシュトヴァーンでも考えつきはせんだろうからな。——もっとも、ハラスたちは、また追手をかけられたらかなり危険だが——それより先に、俺のほうを追いかけるほうに血道をあげてくれるといいのだが……)

どちらにせよ、いずれはイシュトヴァーンとはなんらかのかたちで決着はつけなくてはならぬ。だが、それは、いまここで、ではないだろう。

そのようなことを考えているうちに、いつのまにか、グインは、そこがグールの洞窟の奥であり、たくさんのグールたちが青白い鍾乳洞の光のなかでうろつきまわっている、という世にも異様な状況のなかにいることも忘れて、ぐっすりと安らかに寝入ってしまっていたのだった。

3

よほど、疲れがたまっていたのだろう。グインは、夢を見ることもなくぐっすりと眠った。

だが、目覚めもまた、きわめて早く、そして自然だった。最低限のからだの疲れだけがとれると、からだのほうが機械的にすっきりと彼を目覚めるようせきたてた、というような感じだった。

（………）

彼は、目をさますと、しばらくなんともいいがたい奇妙な思いでまわりを見回していた。

いかに彼が奇妙な状況におかれること、他の人間が絶対にすることのないような経験をすることに馴れていたからといって、これはまた、とびきり奇怪ともなんともいいようのない経験であると云わなくてはならなかった。ルードの森のグールたちの隠れ家で一夜を明かした人間など、まず他には空前絶後であろう。もしいたとしても、それはまずもって、生還してその経験を告げることはありえないはずである。

グールたちは、グインが寝入るまではあちこちで興奮さめやらぬようにさんざん騒いだり、はしゃいだり、飛び回ったり、青白いうすぐらい光に満ちた鍾乳洞のなかでかけまわっていたが、その後、たぶん外の世界では空高く太陽がのぼってきて、一日がはじまってくるにしたがって、グールたちの《夜》が訪れてくるのだろう。グインが目をさまして見回したとき、眠りについたときとはうらはらに、鍾乳洞のなかはひどくひっそりとしていた。

だが、それはむろん、グールたちが立ち去ったからではなかった。かれらはあちこちの石筍のかげや、鍾乳石の下で、たがいにもたれかかり、折り重なるようにして、何も敷物ひとつ敷くでもなく、ぐっすりと眠り込んでいたのだ。洞窟のはじのほうで、かすかに（キキキッ）というつぶやきのようなものが聞こえたのは、グールも寝言をいうらしい。

折り重なり、寄り集まるようにして寝ているのは、あるいは、布団も敷物も衣類ももたぬかれらには、体じゅうに剛毛が生えているとはいっても、寒いのかもしれなかった。たがいのぬくもりで暖をとりながらかれらは眠りにつくのを習慣としているのかもしれぬ。

グインはそっと身をおこし、水筒からひと口飲んで元気をつけた。彼の前には、グールたちが奇怪なもてなしの印にと積み上げた、およそぞっとしない食物が山のようにおいたままにしてあり、そして、グインが寝ていた《玉座》——ちょっと高くなっている場所の周囲は、遠慮したのか、誰もその近くで寝ているものはいなかった。老グールのすがたもすぐには見つけられなかった——洞窟のなかの光はとても薄暗く、夜の闇のなかではそれなりに明るくはみえても、じっさいには昼間、洞窟のなかに入ってきたら、なんらかのあかりなしではよくは見えぬ程度のものでしかなかったのだ。

(なんとも、奇妙なことだな……なんという奇妙なことだろう)

グインはまた、胸中につぶやいた。そして、そっと立ち上がり、からだをのばした。《玉座》を降り、グールたちのあいだを抜けて、静かに、かれらを起こさぬように気を付けながら、その広間を通りぬける。かなり広いその洞窟のもっとも広い場所であるらしい、その鍾乳洞は、青白くにぶく光る石灰石でできた石筍や鍾乳石に壁も地面も天井もおおいつくされ、そのなかに、黒く汚らしい大きな猿のようなグールが、かさなりあって眠っているそのようすは、なんとも奇怪な、幻想的——といってもいいけれども、それよりももっとよく、ドールの地獄図のほうを連想させる不気味な異境そのものに思われた。

(だが、お前たちとても、このように生まれたくてこう生まれついてきたわけではないのだな。——そして、お前たちはただ、かくあるがゆえに、そのヤーンのさだめのままにかくあるにすぎぬ。——人食いだと、食屍鬼だと、死肉喰らいだと人々はおそれおののく。またお前たちの所業は確かに鬼のものにひとしいが、だからといって、それはお前たちのせいではない——死肉あさりのハゲタカがべつだん神の目の前には、ことさらにいやしめられるべき存在でもなんでもないのと同様に、お前たちもまた、ただ、かくあるようにさだめられてかくあるにすぎぬのだな……）

グインは、そっと足音を忍んで広間を通り抜けた。

グールたちに対する奇妙な共感や同情のようなものもしかし、ところどころに置きはなしにされている、きわめてぶきみなかれらの《食事》の残骸を見るたびにいささか帳消しになったのは事実だった。確かにグールたちはだてに食屍鬼の名をこうむっているのではなかった。グールたちが折り重なって眠っているかたわらには、生々しい血のにおいをたてる死体の一部が散乱していた——そのまわりにはその死体からひきはがされたらしい血まみれのよろいだの、マントだの、衣類だのがまた散らばっていたし、また、もっとずっと古い《食事》にされたらしい髑髏や、どうみても人骨であるものもたくさん、鍾乳石のあいまの奥のほうに積み上げられているのをグインのするどい目は見てとった。むろん人骨以外の、獣骨とおぼしいものもたくさんあったし、オオカミの頭骨らしいものも、鳥の翼あたりの残骸かと思われるものや、羽毛のかたまりなどもちらばっていた。グールたちは、おのれの食糧たちが身につけていた、よろいやマントや、武器などを、かれら自身がとって利用する、というようなことは、まったく考えておらぬようだった——それだけの知能がない、というよりは、おそらく、そのようなことをする習慣を古来持っていないがゆえに、まったく思いつかぬのだろうと察せられた。

グインはいたましいその残骸にそっと悼みの目をやり、そのままそのあいだを抜けて、広間を出た。誰もかれをとがめるものもなく、追いかけてもこなかった。かれは明らかに、見張られて閉じこめられているわけではなかった——それほどにも、グールはやはりある意味では人間離れしていた、というか、人間というよりははるかに獣のほうに近い存在であったのだ。

グインはその不思議について考えつつ、そっともときた道を逆にたどっていった。老グールに連れられてどんどん下ってきた道をのぼってゆくと、もとの入口の坂に出た。急にそこでは外からの光が強く射し込んでいて、まぶしかった。

グインはしばらく目をしばたたいていてから、思い切って外に出た。彼はずいぶんとよく眠ったような気がしていたのだが、じっさいには、おそらく、二、三ザンしか眠ってはいなかったのだろう。外に出てみると、ルードの森の深緑がいやが上にもまぶしかった——そして、ものうげな太陽の光がその木々の葉をすかしてふりそそいできた。それは、午前中の明るい朗らかな陽光ではなかったが、まだたそがれどきの近いけだるいものでもなかった。たぶん、正午を一ザン前後まわったあたりかもしれぬ、とグインは判断した。

剣もマントも、身につけているものでなくしたものは何もなかった。グインはそっとかくし袋の内側をさぐり、おのれが意識を取り戻したときやその後に身につけていた大切な品々をそっとまさぐってみた。ユーライカの瑠璃もそこにあったし、いたずらに呼び出すことはなかったが、スナフキンの魔剣もおそらくかれとともにあるだろう。かれはうなづいて、そっとグールの洞窟を去ろうと足をあげかけた。

とたんに、かれははっと身をこわばらせた。

どうも、グールというものは、その野性ゆえに、よほど忍び歩きに適しているらしい。グインのように鋭敏な、訓練された感覚をいくたびもそのように裏切ることが出来る、というのが、グインにはやや心外だったのだが――

「お前か」

グインはうめくように云った。突然あらわれて、ものかげから、手をのばしてグインの足首をつかんだのは、若い雌のグールだった――顔の見分けがつくわけではなかったが、それが、たぶんあの、木にはさまれたおのれの子供をグインに助けられたグールの母親ではないか、ということが、なんとなくグインには察しがついた。

「それが習性でやむを得ぬのかもしれぬが、あまりそのように足音をしのばせて俺に忍び寄るな」

グインはにがい顔で、だがなるべく声をおだやかにしようと気を付けながら低く云いきかせた。

「俺とても戦士だ。気が立っているときならば、そこまでゆとりがあるとは限らぬ。——抜き打ちに切り捨ててしまうようなことをせぬとも限らんぞ。気を付けたほうがいい」

「……………」

母グールは——やはりそれはそのグールであるらしかった——グインが何をいっているかについては、まったくわからないし、興味もないようすに見えた。

そのグールは、グインにむかって何回か頭を下げた——そして、洞窟のなかを指さすような素振りをする。

「礼をいっているのか？　子供を助けてもらった礼をいっているのか、ともとれた。

「礼をいっているのか？　それは不要だ。だが俺をもうここから出かけさせてくれ。俺はここにそう長逗留しているわけにもゆかぬのだ。残念だがな」

グインが低く笑いながらいうと、母グールは、何かを考えていたが、突然、洞窟のなかにむかってかけていった。グインはちょっとぎくりとした。もう一度、グールどもにここに逗留しろと引き留められては困る、と考えたのだ。セムやラゴンにつづいて、ルードの森のグールの王にまで、なるようなつもりは、グインにはまったくなかった。

グインは、すばやく太い木の裏側に身を隠して、ようすを見た。もしもそのまま母グールが仲間をよんできてかれを引き留めるつもりのようなら、急いで姿をくらましてしまおうと考えたのだ。だが、ごくわずかしてから、洞窟から飛び出してきた母グールは一人だった。

きょろきょろとまわりをいぶかしげに見回している。その手には、何か小さな長いものを持っていた。グインは、そのあとから誰も起きてこないのを確かめてから、木のかげから静かにすがたをあらわした。母グールはかすかな声をあげて、それからグインにかけよってきて、おのれの手に持ったものをしきりとグインにおしつけた。

「これが、礼のつもりか？　お固いことだな——それには及ばぬといっているだろう」

グインは苦笑した。母グールにしてみれば精一杯の捧げ物であったのかもしれぬ。母グールが差し出したのは、死体からはがしとったのだろうか、きれいな象嵌のある短剣だった。だがだいぶ古いものらしく、ところどころさびがきている。

「いや、これは受け取るわけにはゆかぬが——」

首をふって断ろうとしたが、グインは気をかえてそれを受け取った。奇妙な考えが頭をかすめたのだ——疑いもなく、この短剣は、誰かかつて、このルードの森でグールたちに遭遇し、そしてあえなくいのちをおとして恐しくもグールのえじきとなりはてた白骨の持ち物なのだろう。だとしたら、いずれ、何かのふしぎなめぐりあわせで、その短剣の持ち主の遺族に会わぬものでもない。そうすれば、おのれの家族をしのぶよすがをおそらく持っておらぬであろうその遺族に、遺骨のかわりにこの短剣を与えてやれる——というような。

(なんだか……遠い昔にも——同じ、とはいわぬが、同じようなことを……考えたことがあったような気がする……)

遠く、脳裏のはるか彼方をかすめるようにして、暗い夜空を焦がす焼亡の炎——わあっ、わあっというたけだけしい戦いのときの声、そして悲鳴や阿鼻叫喚、剣やよろいのぶつかりあってたてるけたたましいひびき、そういったものがふいに胸に浮かんできた。

(俺は勇敢に、戦士としてセムの猿どもと戦ったと……伝えてくれ、豹人)

そう、かれに抱かれて微笑みながら囁いたのは、いったい誰であったのか。

追い求めてみても、まったくその記憶をさきにつなげることは出来なかった。だが、言いしれぬやるせなさと、そして悲しみのようなものがかれの胸を浸した。

「これは預かっておこう」

グインはその、柄に小さなエルハンの彫刻をほどこした、やや異国ふうな短剣を受け取り、うなづきかけた。母グールは嬉しそうだった。キッと小さく啼いて小さくとびはねる。その頭を、そっとグインはなでようとした。こんどは母グールは怯えたらしくあとずさった。

「すまなかった。怯えさせるつもりではなかった。——ではこれはもらっておこう。有難う。あの老グールにも言葉が通じるものならば、聞いてみたいことはたくさんあったのだが。ではな」

グインはいうと、その短剣を腰のベルトにしっかりとさしこんだ。そしてもうふりかえりもせずにグールの洞窟をあとにした。母グールが小さな手をにぎりしめるようにして、ずっとかれを見送っているのが感じられたが、その気配もやがてふっと消えた。どちらにせよ、真昼はグールの行動する時間ではなかった。

グインはまた、ひとりきりになった。

(どうも、思わぬ手間をくったものだ……)

この遠回り、回り道が、どのように出るのか、吉か、凶か、やや心配しながら、ふたたびルードの道なき道を歩きはじめた。

もうとっくに、ザザが指さして教えてくれた南北などはわからなくなっていた。ただ、中天にある太陽の位置と、そしてそれが影をおとす方向を見て漠然と、(おそらくはこちらが南だろうか?)と考えるくらいだった。それでももうグインはあまり気にせぬことにした。いずれにせよ、あるていど歩き続ければ、さしも広大なルードの森といえども、必ず東西南北いずれかの端につくらしい、ということはわかったし、それがノスフェラスに再び戻ってしまうのであれ、それともユラニア領——そのことばはいまのグインにとってはあまり意味をなしていなかったが——に出るにせよ、また人家のあるあたりに出るにせよ、何かの、どこかの場所に出られれば、そこからまたあらたな見通しが開けることもあろうか、とかれは思ったのである。それに、どう考えても、同じさまよい歩くといっても、ルードの森のほうが、ノスフェラスの砂漠よりもはるかにありがたいのは確かであった。

それはある意味では、危険度は大きかったかもしれないが、気候としてはずっとこちらのほうがおだやかだったし、日陰もあったたし、温度も穏当だったし、それに、木々があり、生物が住み、あちこちに小さな小川や泉がある、ということは、飲み物や食べ物にさほど不自由しない、ということだった——選り好みさえしなければ、である。ノスフェラスのあの容赦ない炎熱に照らしつけられ、まったく身を隠す影ひとつない砂漠を歩いたあととなっては、ルードの森の奇怪な脅威のほうがはるかにたやすいものに感じられたし、また、グールの洞窟で一夜をあかしてしまったりしたゆえに、なおのこと、もうグールさえ大した脅威とは感じられなかった。

（それに俺は……いますぐ、その……俺がそこの王をつとめていた、という《ケイロニア》に戻りたいのだろうか？）

グインは、ただひとつ恐れていたのは堂々巡りを繰り返してしまうことだったので、慎重にあたりの景色を記憶にきざみつけ、木々のありさまや印象的な花や、ツタの具合などを覚えながら歩きつづけ、そうしながらひとり自問自答した。

（そこに戻ったほうがいいのだろうか——？　それはどうもあやしいように俺には思われる。そこがどのような王国であったかは俺にはわからぬし、また、そこの人々がこの俺にどのような感情を抱いていたのかもわからぬが——ただ、いまの俺、すっかり記憶を失ってしまったこの俺をそのケイロニアの人々がどのように受け止めるか——それはかえって、野蛮な半人半妖のグールなどにくらべて、ずっとその反応が恐しいように俺には思われてならぬ……）

（俺のこの異形——人々はいったいどう思っていたのだろう？　あのイシュトヴァーンやゴーラ軍の兵士たちの反応からも、さほどいみきらわれていたのではないだろう、ということはわかる——だが、それは、あくまでも、有能な王であり、戦士であり、その有能さをかわれて、ということなのだろうと思う。——だとしたら、もし、俺がこんなにも何もかも忘れ去っており……これまでに経てきた冒険や経験のことさえもすっかり忘れ去っている、と知られてしまったら……）

（そのとき、人々の好意は失望にかわり、人々の期待は落胆にかわって……かれらは俺を石をもて追い払う、どころか、怪物としてかりたてる、というようなことになる可能性はないのだろうか？　俺にはわからぬ……）

（それに……）

ついに、それについて思わざるを得ないところにきてしまった。

（《ケイロニア大帝の息女、皇女シルヴィア》）

それが、グインの妻である、とイシュトヴァーンはいう。

（その名……口ずさんでみても、何の感覚も起こさせぬその名……）

突然、このような異形の男があらわれて、夫であると名乗って——そしてもしもそれがそらごとであった場合のことは想像するさえおぞましい。

だがまた、もしも本当であった場合、かれがすっかりその夫婦としての記憶をも、妻についての思い出をも失っていると知ったとき、その、かれの見知らぬ《妻》はどうするだろう。

（それはどのような女性で——どのようないきさつで俺の妻となったりしたのか？　ケイロニアの皇女ともあろうものが、俺のような——こんな異形の者とめおとになることを、いまわしい、いとわしいことだとは思わなかったのだろうか——？）

（俺は、誰を信じ、誰を頼り——誰に真実をきけばいいのだろう。そもそも、誰かが何かを告げたとき、それが真実かどうかを見分けるすべが、俺にはない。——イシュトヴァーンは実にさまざまなことを教えているとは知らずして俺に教えてくれたが、そのどこまでがイシュトヴァーンのごく主観的なもののみかたによって枉げられたものであるのか、本当の真相はどのようなものだったのか。それは俺にはまったく知るすべとてもないのだ。——もしも、悪意ある誣告者が、まったくいつわりの情報を俺のなかに故意に送り込んだとしたら、俺は、それを、真実と見分けることが出来るだろうか……そして、どれが真実であり、どれがそうでないと理解することが可能だろうか)

(それをおもうと――俺はいっそ、いまそのケイロニアに戻り、俺のことをもっともよく知っていると称するであろう人々に会うよりも、このまま誰も俺を知らぬルードの森、知っていてもたいして気にもとめぬだろうノスフェラスの砂漠のなかにあってひっそりと暮らしていたほうが幸せなのではないだろうか、というような気さえしてくるのだが。――まことに軟弱な、心弱い考えであることはわかっている。しかし、俺は――)

(ノスフェラスを、セムとラゴンに別れをつげて出てくるときには、俺は、あのままあの村で何もわからぬままに暮らしていることには耐え難い、とはっきりと思ったはずだったのだが……)

いつからこの奇妙なたゆたい、ためらいが生まれてきたのか、グインにはよくわからない。

おそらくそれは、彼の《妻》というものが存在している、とイシュトヴァーンに知らされた、その刹那からであったかもしれぬ。それはかえって、ほとんど恐怖にみちたあれこれの想像や予想でかれをいっぱいにしてしまったのだ。

(だが……俺はどうしたらいいのだろう。ここにこうしているのはむなしい。あまりにもむなしいし、そうしているわけにもゆかぬ。――ルードの森にひそんでいれば、いつかはゴーラ軍に見つけられてしまうかもしれぬ――そうすれば、トーラスとかへ連れてゆかれ、どのようにそれこそ――もしも俺が何もわからぬとあのイシュトヴァーンという抜け目のなさそうな男に知れてしまったら、何を吹き込まれ、どうたばかられるか、どのように利用されてしまうかも知れたものではないという気がする。――それほど、あのイシュトヴァーンという男は油断がならぬ、と俺のなかのなにものか、直感が告げている……）

（しかし、また――当初に思ったとおりパロを目指してみる、というのも――思ったよりも相当困難であるのかもしれぬ。というより……）

おのれは、おじけづいているのだ、とグインはにがにがしく認識した。

ノスフェラスの砂漠を歩き、妖魔のウーラやザザたちとだけ語り――そして、ルードの森のグールたちとかかわったりしている分には、おのれのこの《異形》をそれほど意識することもない。そのほかのものたちとても充分すぎるほどに異形であるのだから。

だが、ゴーラ王イシュトヴァーンとその軍勢に遭遇したいまとなっては、グインは、おのれがいかに他の人間とかけはなれた外見をしているか、能力も含めて、かけはなれた存在であるか、を理解しはじめていた。そのことが、かれを、人里――文明圏に入ってゆくことに対して、著しくひるませていたのだ。

（パロというのはましてこれまでの俺の知識ではいったいどのように俺にかかわり

があるのかまったくわからぬ……その、リンダという女性についてもだ。——だとしたら、俺のようなものが——こんな異形のものが、すがたをあらわすということは、そのリンダという女性にとっては、迷惑であったり、脅威であったり——嫌悪をそそるものであったりさえする、ということはないのだろうか？　もしも、そうであるとしたら——俺が、その前にすがたをあらわすということは……）

（恐しい。なんだか、言いようもなく恐しい）

いつのまにか——グインは、足をとめてしまっていた。

ルードの森の木々のあいだ、いったいいまおのれがどこにいるのかもわからぬ。その、深い、その奥に何をひそめているかもわからぬあやしい森は、グインの迷い込んだいまの不安な心のありさまにもそっくり似通っているようにも思われた。

（俺は……）

思わず、グインはその場にうずくまった。これまで、つとめて直視しないようにしてきた、心のいたみ、ふるえ、おののき、ためらい、迷い、苦しみ——そういったものが、いちどきに押し寄せてきた。いつのまにか、グインのたくましい全身には脂汗がにじんでいた。

（俺は誰なのだろう。——俺は、いったい、何者なのだろう。……俺は……俺は、どうしたらいいのだろう）

（誰を信じ、何を確かだと思ってこのさき、動いてゆけばいいのだろう……俺はそもそも何のために生まれ、何を目的として生きていた人間だったのだろう？　いや――いや……）

（そもそも、俺は、人間なのか？　そう胸をはって云ってもいいものなのか？　俺はいったい、何者なのだ？　この異形、このふしぎな存在、これはいったい――）

グインは、茫然とおのれの目の前におのれのたくましい両手をかざした。

それをそっと顔にあててみる。――その手は、そのまま、短い固い毛の感触にふれた。

グールの全身に生えている剛毛とも似て非なる、それは奇妙な感触だった。

（俺は誰なのだ。俺は何者なのだ――俺は、いったい、《何》なのだ！）

声にならぬ苦悶の叫びが、グインの胸を浸した。

かれはそのまま、力なくうずくまって両手で顔をおおってしまった。

4

（馬鹿者！）

ふいに——

かすかに、どこからか、遠くきこえてくる声を、グインは聞いたような気がした。だが、顔はあげなかった。あまりにもうちひしがれ、うちのめされていたのだ。ずっと見まい、きくまいとしていたおのれの心のなかの恐怖、心の声にはじめてこのルードの森のなかで、助けてくれる連れとてもなく向き合わされて、グインは、いまにもおのれを失いそうになっていた。

（馬鹿者、何を考えているのだ！　なぜそのようなところでうずくまっているのだ！　思い出せぬならそれでもよい。今、思い出せぬというのならそれはそれで仕方がない！　しかし、お前はケイロニアの豹頭王、ランドックのグインともあろう人間なのだぞ！　なぜ、そのようなおろかしい迷いに心を奪われるのだ！　なぜ、いまさら、おのれが何者であるのか、などという下らぬことにこだわり、悩んだりするのだ！　ひとを、人たらしめているものは、それがどこからきたか、何ものとして生まれてきたかなどではありはせぬ。それを決め、決定づけるのはただひとつ、おのれが何になりたいと望み、そしてそのために、どのようにふるまい、行動したか、たったそれだけにすぎぬのだぞ！）

（誰だ？　おぬしは）

グインは両手で顔をおおったままつぶやいた——それとも、つぶやいた、と思っただけのことかもしれなかった。

（ヤーンか？　それともあの、ノスフェラスで何回か俺の前にあらわれてえたいのしれぬごたくをしきりと並べたてた、なんとかという魔道師の老人か？——何でもよい。ヤーンがあらわれてきたのだったら、俺はヤーンにむしろこの身をゆだねたい。なんだか、疲れた——俺は、こうして、何もかもわかっていないまま、しかもそのことは大したことではない、というようなふりをしながら歩き続けていることに、突然、とても疲れてしまったのだ。——もう、充分だ、となにものかが俺のなかで俺をそそのかす。……もう、この上また試練を受け続け、勇敢にふるまい続けることなどないではないか。むしろ、このままノスフェラスの砂漠に戻り、お前を歓待し喜んで迎え入れてくれるセムとラゴンのもとに戻って、喜び迎えられながら一生そこでひっそりと送ってはどうなのだと——もうこの上、おのれがむざんに傷つくかもしれぬ試練に直面するために、長い、長い果て知れぬ旅に出ることなど、ないではないか——と……)

(何をいってるのだ、何を!)

長い白髯にまがりくねった杖をついた、白い長いトーガを着た老人が、怒り狂って杖をふりまわしているような幻影がグインの目のなかにあった。それは、その老人が送り込んできたものだったかもしれないし、あるいは、グインのなかにあった運命神ヤーンのイメージが、そのようなかたちで結晶して出てきたのかもしれなかった。

(なんという軟弱な、愚かしいことを抜かすのだ! ケイロニアの豹頭王グインが、そんなおろかな人物だったとは! なんということだ。運命とはなんたるか、お前だけはわかっていたはずだ! この世のどのような人間たちよりも深く、強く! そして、それをすすんでかちとり、かち得てきた。それこそ、お前が特別であり、そしてお前があくまでもすべてのお前のパワーを求める存在にとって垂涎の的であった理由であったのだ!)

(なんだかわからぬ。ただ俺はもう疲れてしまった。というより、おのれの中の恐ろしさに耐え難くなってしまった。人々はこの俺をどのように思うのだろう。俺は、もうそれを知ることにさえ耐えられぬ気がする——そして、また、俺は……そのリンダという女性、シルヴィアという女性——それがことに恐ろしくてならぬ。その前にあらわれ、俺を知っているか、とたずねてみるくらいなら、いまからすぐ、どこか地獄の底にひそんでいる毒ある大蛇をでも退治に出かけたほうがはるかに楽だ、という気がする。——

ああ、誰だろう——このまぼろしは誰だろう？　白い顔の女性が俺を見ている。まだ少女のようだ……俺をじっとみて、あわれむように笑っている。元気のいい少女だ——綺麗な、とても綺麗な少女だ。これがその、俺の妻という女性か、そのリンダという女王か、どちらかのかすかな記憶なのだろうか？）

かすかな声のいらえはなかった。

グインはふいに、はっとしたようにおもてをあげた。

（オーイ。オーイ）

かすかな——きのうもきいた声が、耳の底をかすめたのだ。

（オーイ。オーイ）

それは、明らかに、きのうと同じく——ルードの森を探しまわり、グインを探すゴーラ軍の兵士たちの声だった。

（まだ、しぶとくこのあたりで俺を捜していたのか）

ふいに、奇妙な戦慄がグインの背をつきぬけた。

（なんという——執念だ。イシュトヴァーンは、なぜそのように、俺に執着するのだろう？）

彼は、もはや、うずくまって苦しんでいるようなときではない、と悟った。

グールの洞窟であかした一夜で、なんとか、ゴーラ兵たちの目をくらますことができたのではないか、と期待していたのだが、どうやら、そうではなかったようだ。ゴーラ兵たちは、おそらくはイシュトヴァーンに命じられてだろうが、朝になるのをまって、また早速グインの行方を探索しはじめたのだった。それは確かに、《執念》――それとも《妄執》とさえ、名付けてもよかったかもしれぬ。

（何故だ。――何故、イシュトヴァーンはそのように俺にこだわる。俺をとらえて、トーラスに連れ戻ることに執着してやまぬのだ？　それほど、俺が何かを彼にとって象徴しているというのか……？）

イシュトヴァーンはいろいろなことをかれに語りきかせたけれども、それは本当にすべて十割がたの真実だったのだろうか、という恐しい疑惑が、グインの心をかすめた。

（もしかして――むろん、もともと因縁があったり、何かいわくがあったりして――それで執着している、ということも一部は事実かもしれぬが――それ以上に、もしかして、イシュトヴァーンは……俺からどうしても何か、知りたいこと……聞き出したいこと、何か、俺が知っている――あるいはイシュトヴァーンが知っていると思い込んでいる重大な軍事機密のようなものが、あるのではないのか？）

だとしたら、いまやとんだおかど違いというものだが、しかし、そのような事情はイシュトヴァーンには知りようがない。

（それとも——ゴーラ王イシュトヴァーンというのは、なみはずれてしぶとく、執念深い、異常なまでに目的に執着してあとさきを忘れる性格なのだろうか？　だとしたら——）

（だとしたら）

ふいに、胸のなかに、冷たい何かが落ちてきた。

（ハラスは——大丈夫だっただろうか）

グールたちにも、襲われはせぬかと心のなかで案じていたのだ。だが、少なくともグールの群は——あれがこのルードの森のグールのすべてではないだろうが、かなりの部分はグインともども、グールの洞窟に引き上げていった。そう思って、かなりほっとしたのであったが。

（ハラスは傷ついていたし——ほかのものたちもいたって心もとなげな連中だった。俺は——かえって、俺とともにあってはイシュトヴァーンの追撃の対象となろうかと、ウーラにまかせたのだが……）

（ウーラ。ザザ。聞こえるか？）

グインは目をとじて念じてみた。

（ウーラ。——ザザ。ハラスたちとはどこで別れた？　もう、かれらは無事にケス河を渡ったのか？　それだけ、俺に教えてはくれぬか。ウーラ、ザザ。——ここまでは、心話が届かぬのか？　それとも、お前たちから心話がきてそれに答えるときと異なり、お前たちがこちらに注意を向けていないときには、魔道師ならざる、妖魔ならざるこの俺では、いかに念じたところで、心話とはならぬのか？）

そうであるのかもしれなかった。グインは嘆息して念じるのをやめた。グインのこころみは何の反応をも生じなかった。

だが、いまや、グインのなかでの懸念は、耐え難いほどに強まっていた。あるいは、それはむしろ、グインにとっては、いましがたまでおそわれていた彼自身だけのための苦しみから、かれを救ってくれるものでさえあったかもしれぬ。ハラスたちの身の上を案じ始めたときから、グインは、強力におのれのなかに何かがよみがえり——そして、そのよみがえったものが、彼のからだのすみずみまでも力を呼び覚まし、わくわくするようなエネルギーをみなぎらせ——そして、あの、うずくまったまま顔をおおっていた弱々しい境地など、誰のものか、というような激しい昂揚した思いをもたらしたことをはっきりと感じていたからだ。もう、おのれが誰であるのか、これからどうすればいいのか、と思い悩む必要などない、という感じが、彼はしていた。当面、かれにとっては、ひどく気になることが出来たのだから。それはまたしても、振り出しに戻ることにすぎなかったのかもしれないが、彼は、それに決着をつけぬかぎり、さらに先へは進めぬ、と——まるで、おのれがまっしぐらにパロかケイロニア、おのれの氏素性がすべてわかる場所をめざせぬことの言い訳のように思ったのだった。

(そうだ……ハラス)

何か、異様な胸騒ぎがする——彼はすっくと立ち上がった。

(おい)

かすかに、またしても、心のどこかに呼びかけてくるものがある。

(お前は何をしているのだ。——何を、しようというのだ。……そんなことをしている場合ではなかろう。もう、ハラスたちのことは忘れて、すっかり別れを告げたはずだ。もとよりかれらとお前とは偶然会っただけのこと、何のかかわりもないのだからな。——そんなものたちのことはもう忘れてしまえ。早く南へむかえ、南を目指すのだ。パロへゆけ、リンダと会うのだ。そして——)

その声を、グインは強く頭をふって振り払った。

(胸騒ぎがする。何もおこってなければよいが)

おのれに云いきかせるように、グインは天を見上げた。太陽の位置から、北の方角をだいたいおしはかることができた。日は少しづつ、西のかたにかげりをみせはじめていたからだ。そのまま、グインは、くるりと向きをかえ、これまでとはくらべものにならぬ荒っぽい走り方で、速度をあげ、北の方角、かれがはなれてきた北のほうをめざして進みはじめたのだった。

（おい。どこへゆくつもりだ。何をしている、南へ戻るのだ。そちらは危険だ——危険だぞ！　もしかしたら、イシュトヴァーンがワナをしかけて待っているかもしれぬ。イシュトヴァーンがお前の性格をよく知っているのなら、お前が、ハラスのなりゆきを案じて戻ってくるかもしれぬと思うかもしれんぞ）

かれのなかの——それとも遠くから呼びかけている《誰か》がしきりと警告の叫びをあげていた。だが、彼はそれをも激しく首をふって無視した。

（ハラス——無事でいてくれ）

いまや、それを救うことがかれにとってはまたとない急務のように思われる。かれは走った。

（オーイ。オーイ）

という、かれを探すらしいゴーラ兵の声は、北にむかうと同時にどんどん遠くなり、そして聞こえなくなった。少なくともその兵たちは、ルードの森のまんなかあたりをしぶとく捜索してグインの行方をさがしていたのだろう。いくつかの隊があちこちの方角にさしむけられているのかもしれぬ。グインは、一応慎重に、見通しのよいところに出そうなときには一瞬あたりの気配をよくうかがい、それから一気に突っ切るようにし、木々のあいだを、からみついてくる吸血ヅタをひきちぎり、虫どもを驚かし、毒蛇どもや小蛇どもがあわただしく逃げ去ってゆくのを蹴散らしながら、かなりの勢いでルードの森を、あとにしてきた方向へと戻っていった。

ルードの森の彼方には、ケス河があり、そしてその向こうにはノスフェラスがある。

そこには、ウーラやザザや、かれを王とよんだセムやラゴンたちがいる。――そして、南にむかい、まだ見ぬパロや、もっと気がかりなケイロニアを探すことは、見果てぬおのれを探してさらなる大きな試練のなかに飛び込んでゆくことだった。そしてまた、イシュトヴァーンとふたたび出くわすことは、かれにはいまだよくわからぬイシュトヴァーンとの因縁にさらに、深い、からみあった妄執の糸の模様をその上からませることになるのだろう。

だが、いずれがヤーンの導きであるのか、グインは知りたいとも思わなかった。ただ、何かを求めてというよりは、何ものかから必死に逃亡するかのように、ひたすら、かれはルードの森をつきぬけて北へ、北へ、と走っていった。

もともと、ルードの森の北はずれあたり、ケス河のほとりでゴーラ軍と遭遇し、そこで戦いとなり――そしてイシュトヴァーンにとらわれてともにトーラスをめざして一日近く歩いただけである。そのあとでこんどは、グールたちの要請によってまたあともどりし、かなりまた戻ってきている。それほど長いこと走るまでもなかった。

それでも、夕闇がひそやかに忍びよりはじめたころに、グインのするどい耳は、遠い水音、大きな川の波音とおぼしいものをきいた。するどい鼻も、さほど遠からぬ水のにおいをかぎあてた。グインの動悸が早くなった。

「ハラス」

ハラスと出会ったケス河のほとりは、どのあたりであったか。

ともかくも、森の切れて、ケス河が滔々と流れている、その前に出てみれば、さまざまなようすが知れるだろう。――その一心で、グインは、さらに、森の切れるのを予告するように明るくなってきた方向へむかっていっそう足をはやめた。もう、午後じゅう急ぎ続けていて、まったく休みもとっていないままだ、ということも忘れていた。

「ハラス――」

ケス河が、突然、目の前にひらけた。

グインは、息をのんだ。

目のまえに――まるで、わざと、その地点をこそねらって飛び出したかのように、少し右手のケス河畔の、森がきれ、川までなだらかな短い下り坂が続いているあたりに、正視にたえぬ情景がくりひろげられていた。

その数百人にも及ぼうかという、まだ若い男女と、そして子供たちの死体が、ケス河のほとりに折り重なるようにして放り出されていた。ケス河を渡ろうとしていて切られたのか、うつぶせに水に頭をつっこんだままの死体もある。見覚えのある、イカダの橋が、もとの綱を切り離されてゆらゆらとケス河の青黒い水に浮かんで揺れていた。その対岸には、生きたもののすがたはまったくなかった——この酸鼻の光景をみて逃げ去ったのか、それとも、あえて助けようとイカダを使ってこちら側へ渡ってきてともに切り倒されていったのか。

グインは、坂をかけおりた。おのれのすがたが、兵を伏せてあればまるみえかもしれぬ、ということも無視した。急いで、その、凄惨きわまりない虐殺の現場に飛び込み、倒れている死体をひとつづつかかえあげ、ゆさぶってみる。ほとんど切り離されるところまで深く切り込まれた、女の首が、皮一枚でがくがくと揺れる。はなれた砂地に、切り落とされた腕が剣を握ったままめりこんでいる。子供を抱きしめたままの女の死体もある。それを庇おうとしたのか、子供と女のなきがらの上におおいかぶさったまま、背中から斬られて絶息している男の死体もある。あたりの砂地は、かたまりかけた血でねばねばとしており、すさまじい悪臭が漂っていた。

「なんという——」

グインはかすかに呻いた。ぶきみな、胸にわだかまっていた何かはまさに的中していた。ぞっとする思いで、グインは、この酸鼻は、おのれがハラスともどもこちらに向けて逃げなかったからなのだろうか、と考えてもせんないことを考えていた。おのれがともに逃げていれば、事態はどのようにかわっていたのだろうか——それとも、ハラスを残して逃げたのだったら、どう変わったのだろうか、というむなしい想念が頭をいたずらにかすめる。

「ハラス。——ハラス」

グインは、それらしい背格好の死体を見るとかかえおこして、顔をのぞきこんでみた。だが、どこにも、ハラスとおぼしい死体はなかった。若者たちはいずれも、衆寡敵せぬままにそれなりに必死に勇敢に戦ったらしい。女の死体まで、子供を抱いておらぬものは剣を握り締めて死んでおり、幼い子供でさえ、剣を手に握ったままだった。若者たちはそれぞれの格好で息絶えていたが、いずれも、逃げようとして斬られたり、とらえられてむざと殺されたようなようすはなく、激しい戦いのはてに息絶えたのだと見てとられた。そのことが、いっそうグインの胸をいたませた。

「オ——」

グインは、両手を胸に拳を握り締め、さらに激しく握り締めた。つきあげてくる得体の知れぬ苦しみが彼の心を激しくゆさぶっていた。

「オオオ——ヤーンよ——ヤーンよ！」

何かが、彼の胸をしきりと揺り動かしていた——それは、この凄惨きわまりない情景そのものをさえ、ゆるがしてしまうほどの圧倒的な何かだった。

(俺は——俺は——俺は——！)

いくたびこのような戦場に、このような酸鼻の殺戮の場に立ったことだろう——そしてそれに突き上げられ、ヤーンの名をよんだことだろう……という思いが、彼を圧倒した。

(俺は——そうだ、俺は知っている……この血の匂い——イシュトヴァーンがもたらした——そうだ、イシュトヴァーンがいくたびかもたらしたこの血の匂い——イシュトヴァーンだけではない……俺は……俺は決して、兵士以外のものを、戦おうとしている戦士以外のものを断ったことはなかった……なにものかが、つねに俺をとどめ……剣をもたぬものの上、剣をひいたもの、殺意を喪った者の上に剣をうち下ろすことをおしとどめたのだ——そうだ、だが……スタフォロスの——そうだ、スタフォロスの城に黒煙があがる——ああ、そうだ……ユラニアの——ユラニアの都アルセイスの——そして、あの——おお！　あの——あの不気味なゾンビーどもの群が！)

(頭が！　頭が割れる！)

グインは、悲鳴をあげて、両手で頭をつかんだ。そのまま、血まみれの河岸の土の上に倒れた。

(頭が爆発してしまう！　押し寄せてくる——ああ、押し寄せてくる！　なんだ——この戦いの……悲鳴をあげて逃げまどう人びと……ぶきみな赤く光る巨大な目——誰だ、お前は、誰だ！)

(あんたはすごい戦士だ。豹人)

（お前と背中あわせで戦うのは、これがはじめてだな、グイン！）

（グイン。——グイン、私と踊るのよ。私の命令よ。私と踊りなさい！）

（お転婆はお転婆らしく、ドレスをつけて舞踏会で敵の首をとるがいい！）

（私を置いてゆかないで！　もう二度と私を置いてゆかないで！）

（息子よ——我が子よ、我が子グインよ——）

（私は——いつの日か、ノスフェラスへ……）

（お前を、黒竜将軍に任命する！　ありがたくうけたまわれ！）

（古代機械が——古代機械が動く——！）

「あああああ！」

グインは、絶叫した。

知らぬまに、かれの口からは、すさまじい、からだじゅうを壊してしまうほどの絶叫がほとばしっていた。ようやく暮れなずむルードの森と、ケス河とのはざま、むざんに切り倒された物言わぬ死体の群——

「アアアーッ！　アーッ！　アアーッ！」

グインは頭をおさえたまま、ごろごろところがり、苦痛のあまりのたうちまわった。一気になにものかが、かれの脳を突き破って噴出しようとでもしているかのようだった！　押さえることのできぬほとばしりに、彼は発狂したかのようにころげまわり、のたうちまわり――

「グイン」

その、とき――

冷たい――そして、恐しいほどの憎悪をはらんだ声が、かれのそのすさまじい苦悶のなかをさえ、さしつらぬいた。

「ウ……ッ――」

グインは、動きをとめた。

声は大きくはなかったが、びいんと張っていて、そして、恐しい怒りとつきせぬうらみとをはらんでいた。その秘めた憎悪と怒りの響き、二度ととけることのないであろう怒りのひびきが、グインの苦しみを止めた。

グインは、頭をかかえたまま、ころげまわるのをやめた。しばらくは、あえぎながら、そのままうずくまっていることしかできなかった。

それから、かれは、目をあげた――ゆっくりとあげていった。本当は、もう、その声をきいた瞬間から、そこに何があるかは、よくわかっていた。

グインが駆け下りた坂のてっぺん、ゆるい崖のようになっているその坂のてっぺんに、ルードの森を背景にして、一人の男が立っていた。白いマントをなびかせ、長い黒髪をほどいて風になぶらせ――そのうしろに数えきれぬ軍勢を従え、黒くうずくまってしだいに夕暮れを迎えようとしているルードの森をうしろに、彼のすがたはまたとなく不吉で、そして何故か哀しかった。

彼の足もとに、縛りあげられた若者が血まみれのまま、横たわっていた。息があるのかないのか、動きもせぬまま、ぐったりと横たえられている。その口もともむなもとも血にまみれていた。

「グイン。やはり、ここに戻ってきたな」

男が静かに云った。その手には、長い細い剣が握られていた。

「お前のことだ。たぶん、こいつらが気になって結局戻ってくるだろうと——賭けは当たったようだな。だがもう終わりだ。お前はまた俺から逃げ出した。今度こそ、問答無用だ、グイン。お前が選んだ——お前が、こいつらの運命を決めたんだ。グイン」

イシュトヴァーンの声はささやきにかわっていた。

「俺はもう決して許さねえ。お前は俺の敵であることを選んだ——今度こそ、最終的に、お前は俺の敵であることを選んだんだ。もうよくわかった——俺はもう、二度と——俺はもう、二度と決して！」

イシュトヴァーンは、泣いていたのだろうか？

背後に夕陽を背負っていたので、彼の顔はほとんど黒い影となり、それはグインにはわからなかった。

ただ、グインにわかったのは、イシュトヴァーンの声のなかにひそむ、深い憎悪と怒り、そして孤独と悲哀とは、もはや決して消えることがないだろう、という、そのことだけだった。

あとがき

明けましておめでとうございます。といってもこれが出るころにはもう二月なんですけど、書いてるのが一月五日だからどうしても明けましておめでとうモードになりますねえ。

お待たせいたしました。「グイン・サーガ」第九十九巻「ルードの恩讐」をお届けいたします——と書いていて、なんかすごく不思議な気分になりました。とうとうここまできたんですねえ。「あと1」。べつだんいまとなってはもう、百一巻も書き上がって送ってしまったし、百巻という節目をこえたところで、何がどう変わるわけでもなかろうにと思うのですが、それでもなんだか、粛然たる気持がするというのは、わかっていても不思議なことです。

さて、いよいよ「百巻まち」の九十九巻となりましたが、内容のほうはどうも九十五巻くらいから激動につぐ激動が続いていまして、内容的には百巻でおさまるどころか、いまやひとつの章のいよいよクライマックスって感じですねえ。これはこれで、なかなか迫力があっていいのではないかと思うんですが、しかしなかなかすごい展開になっております。というか、なんか、書いてる当人のはずなんですが、著者校見ていて「ええーっこれで先どうなるの」と思わず考えてしまいました。なんかジェットコースターであたりをかけまわってるみたい。このところやけに進行が早いんだけど、何を目指して突き進んでいるんでしょうか、この小説は。

それにしても、いろいろな人たちがいろいろなところでいよいよ複雑にもつれてからみあってきて、なんとなく「よくこれを書いてる人、頭が混乱しないよなあ」っていう気分なんだけど(笑)でも、それ、考えてみると自分なんですけれどもねえ。ますます不思議なことです。

二〇〇四年は私にとっては本当に本当に激動の年でして、この十五、六年ずっと激動期のなかに、いやいや、この二十五年、いやこの三十年以上激動しつづけながら生きてきたような気がしていますけれども、いまふりかえってみると、それでも去年が一番激動だった一年のひとつといってもいいくらいだ、と思われます。そしてあらためて、「でもそれは決して悪い方向にむかう激動ではなかったな」と、そのことがとてもありがたく思われます。しんどいこともたくさんあったし、それもすべて過ぎたわけでもないですけれども、それでも、なんだかいろいろなものごと、特にそれをささえるパワーそのものが、すごく増大している感じがします。そして、そう思えるのが「一番ありがたいこと」だと思えます。

一九九九年てのは確かになかなか世紀末な年でして、私もいろいろ大変でしたが、いま思い出してみるとその大変なんか、たいしたこともなかったような気がしてくる。二〇〇〇年はけっこういろいろストレスの多い年でしたが、二〇〇一年のストレスにくらべたらさしたることもなく、そして二〇〇二年のほうが二〇〇一年よりもっと——そして二〇〇三年はストレスというより、なんかすごく低調で不愉快なことの多い、よろしくない年だったなあと、そして二〇〇四年ってのは、そのあたりでたくわえられていたウミみたいなものが一気に噴出してきて、それで大手術になって、辛いことも辛いんだけれど、手術がすんだら、なんだかほーっとして、すっとして、ようやくものごとが快方に向かい始めた、というような——「ああ、やっぱり切除しなくては駄目でしたね、このままだと手遅れになってたところで、実に危ないところでした」というような、そういう感じがするんですね。で、手術したあとですから当然からだも心も弱ってはいるんだけれど、なんだか生まれかわったように清々しくもなっている、からだのなかから長いあいだの毒素がすべて出ていったような、そんなさわやかな身軽な気分になっている、という——そういう感じなんだなあ。それはそれで素晴しいことじゃないでしょうか。少なくとも、その毒素がだんだん体内でふくれあがっていってる期間にくらべると、それが激発して出てゆこうとしてるときってのは、苦しいことは猛烈に苦しいんだけど、下痢とかと同様で（汚いたとえ話ですまぬ）「出ちゃうと脱力するけど楽になる」、そして快方にむかう、という――酒飲みすぎたときもそうですねえ。人間のメカニズムってものはいろんなもののアレゴリーでもあるんだろうなと思うんだけれど。

そしてまた、ずっと生きているということは、たえまなしに動き続けていないといけないものなんだということも身にしみて感じるようになりました。「変わらない」ということについて、いまとなっては私は積極的に「それは罪悪である」「変わらないという ことはそれだけでマイナーに変化しているということである」「変わらない状態というのはすでに悪いほうに変わっているということである」と思います。逆にいえば、あるものに「変わらないでほしい」と願うとき、すでに私たちは間違っているのだ、ということを強く思います。

生きているということは日々成長し、変化し、年をとり、時を経てゆくということです。そのなかで「変わらない」「前のままでいる」ということは決してありえない。どれほど望ましい状態、どれほど幸せな状態、蜜月状態であっても、「これが完璧な状態」と思うときがあっても、それは、ほんのちょっと時がたっただけで確実にズレが生じて変化してゆき、一定時間がたったときには結局その完璧、その蜜月、その幸せとは似ても似つかないものになってゆく。それは「仕方のないこと」なのではなくて「そうでなくてはならぬこと」なのだといまの私は強く感じます。生きている、ということは、動き続けていなくてはならない、変化しつづけなくてはいけない、ということであって、脱皮ができないカエルは死んじゃうんだ、ということですね。だからこそ、「いまこそここで時を止めて」というような恋愛の恍惚境の声が生まれるので、それは「時が止まらないこと」「通り過ぎてゆくこと」「時のなかに存在すること」の悲哀と喜びと救いと未練とを知ったものの叫びにほかならない。

グインが生まれてから実に二十六年の月日が流れました。そのとき存在していなかったいのちがいまたくさんもうこの地上に存在しており、そのとき生まれた子は二十六歳でそろそろひとの親となり、そのころに少年少女であり子供であった人たちはそろそろ中年期を迎えるころあいにさしかかりました。私もまた、二十六歳の若手作家から、五十二歳の中堅作家へと年を経てゆきました。それが、時が流れる、ということなんだなあと思います。それをとめようと願うのは、それこそ黒魔道師のたぐいになってしまうでしょう。それでもひとはやはり、「時よ止まれ」「この幸せな蜜月が永遠に続け」と願ってしまうのではあるでしょうけれども。

しかしいま、私にとってはその時の経過はむしろ幸せ、それこそが時の祝福であることのように思われます。その時の流れこそが、私をこの九十九巻へと連れてきてくれたのです。その途中になんとさまざまな苦しみや試練や試行錯誤や出会いと別れ、怒りと愛情、失意と得意をはらみながら、やがて百巻という人類史上未曾有の金字塔へいたるここへと。それが結局時のなしとげてくれたことであり、同時に私がなしてきたことでもあるわけですから、それは私にとっては、「時が流れたこと」の意味そのもの、重みそのものにほかならない。時が止まってなくて本当によかった。時が流れてくれて本当によかったのだ、と私はいま思うものです。

こういう感慨は、一貫して「続けてきた」「継続してきた」ものにしか味わえないものなのでしょうね。読み続けてくれた人にしか味わえない感動や感慨。同時に、店などにせよ、長い年月を経てきた、「歴史」が生まれたことによってだけ知る満足や喜びや生き甲斐。いまの人びとはただひたすら、早く答えを見出すことしか知らず、こうして愚直に耐えて続けてゆくことの喜びや感動や感慨をさえ、手軽にインスタントに手にいれようとします。しかしそれは、まさしく二十六年をへて、九十九巻を積み上げてきてしか手に入らなかったもの、忍耐によってしか得られなかったものなのだなあといま、私は思うのです。続けてきてよかったし、続けて読んできていただいて本当によかった。だからこそ、私とあなたはいま一緒にここにいる。二十六年前に読み始めたかたも、一年前に若くしてこの世界に入られたかたも、そうして「積み重ねてきた」ことについての思いは同じなのではないかと思います。時の重さの違いこそあれ。

時が流れること、ものごとが変わり行くこと、同じ地点にとどまっておらぬことに祝福あれ。それは「私（あなた）が生きている」ことのもっともたしかなあかしです。

二ヶ月後、百巻のあとがきでお目にかかりましょう。それが「確実にやってくるのだ」と云えること（大地震でもあったとしたら、それはそれになってしまいますけれども）の幸せ、確かさ。それもまた、「続けてきたこと」「なすべきことをなしてきたこと」の徳なのだと私は思います。

恒例の読者プレゼントは、市川芳恵様、林廣美様、福田まゆみ様の三名様に差し上げます。それでは百巻をどうぞお楽しみに。百巻にも、百一巻にも、さらなる驚きと変化と裏切りとがあなたをお待ちしていると思います。楽しみにしていて下さい。

二〇〇五年一月五日（水）

神楽坂倶楽部 URL
http://homepage2.nifty.com/kaguraclub/

天狼星通信オンライン URL
http://homepage3.nifty.com/tenro/

天狼叢書の通販などを含む天狼プロダクションの最新情報は、天狼通信オンラインでご案内しています。

これらの情報を郵送でご希望のかたは、長型 4 号封筒に返送先をご記入のうえ 80 円切手を貼った返信用封筒を同封して、お問い合わせください。（受付締切等はございません）

〒 162-0805 東京都新宿区矢来町 109　神楽坂ローズビル 3F
（株）天狼プロダクション情報案内グイン・サーガ 99 係

コミック文庫

アズマニア1～3
吾妻ひでお
エイリアン、不条理、女子高生。ナンセンスな吾妻ワールドが満喫できる強力作品集3冊

時間を我等に
坂田靖子
時間にまつわるエピソードを自在につづった表題作他、不思議なやさしさに満ちた作品集

星食い
坂田靖子
夢から覚めた夢のなかは、星だらけの世界だった！　心温まるファンタジイ・コミック集

闇夜の本1～3
坂田靖子
夜の闇にまつわる、ファンタジイ、民話、ミステリなど、夢とフシギの豪華作品集全3巻

マイルズ卿ものがたり
坂田靖子
英国貴族のマイルズ卿は世間知らずでお人好し。18世紀の英国を舞台にした連作コメディ

コミック文庫

花模様の迷路
坂田靖子

美術商マクグランが扱ういわくつきの美術品をめぐる人間ドラマ。心に残る感動の作品集

パエトーン
坂田靖子

孤独な画家と無垢な少年の交流をリリカルに描いた表題作他、禁断の愛に彩られた作品集

叔父様は死の迷惑
坂田靖子

作家志望の女の子メリィアンとデビッドおじさんのコンビが活躍するドタバタミステリ集

マーガレットとご主人の底抜け珍道中〔旅情篇〕〔望郷篇〕
坂田靖子

旅行好きのマーガレット奥さんと、あわてんぼうのご主人。しみじみと心ときめく旅日記

イティハーサ1〜7
水樹和佳子

超古代の日本を舞台に数奇な運命に導かれる少年と少女。ファンタジイコミックの最高峰

コミック文庫

樹魔・伝説
水樹和佳子
南極で発見された巨大な植物反応の正体は？ 人間の絶望と希望を描いたSFコミック5篇

月虹―セレス還元―
水樹和佳子
青年が盲目の少女に囁いた言葉の意味は？ 変革と滅亡の予兆に満ちた、死と再生の物語

エリオットひとりあそび
水樹和佳子
戦争で父を失った少年エリオットの成長を、みずみずしいタッチで描く、名作コミック。

天界の城
佐藤史生
幻の傑作「阿呆船」をはじめとする異世界SF集大成。異形の幻想に彩られた5篇を収録

マンスリー・プラネット
横山えいじ
マンスリー・プラネット社の美人OLマリ子さんの正体は？ 話題の空想科学マンガ登場

コミック文庫

千の王国百の城

清原なつの

「真珠とり」や、短篇集初収録作品「お買い物」など、哲学的ファンタジー全9篇を収録

アレックス・タイムトラベル

清原なつの

青年アレックスの時間旅行「未来より愛をこめて」など、SFファンタジー9篇を収録。

春の微熱

清原なつの

少女の、性への憧れや不安を、ロマンチックかつ残酷に描いた表題作を含む10篇を収録。

私の保健室へおいで…

清原なつの

学園の保健室には、今日も悩める青少年が訪れるのですが……表題作を含む8篇を収録。

ワンダフルライフ

清原なつの

旦那さまは宇宙超人だったのです！　ある意味、理想の家庭を描いたSFホームコメディ

著者略歴　早稲田大学文学部卒
作家　著書『さらしなにっき』『あなたとワルツを踊りたい』『ノスフェラスへの道』『蜃気楼の旅人』（以上早川書房刊）他多数

HM = Hayakawa Mystery
SF = Science Fiction
JA = Japanese Author
NV = Novel
NF = Nonfiction
FT = Fantasy

グイン・サーガ99

ルードの恩讐《おんしゅう》

〈JA781〉

二〇〇五年二月十日　印刷
二〇〇五年二月十五日　発行
（定価はカバーに表示してあります）

著者　栗《くり》本《もと》薫《かおる》
発行者　早川浩
印刷者　大柴正明
発行所　株式会社　早川書房
郵便番号　一〇一－〇〇四六
東京都千代田区神田多町二ノ二
電話　〇三－三二五二－三一一一（大代表）
振替　〇〇一六〇－三－四七七九九
http://www.hayakawa-online.co.jp

乱丁・落丁本は小社制作部宛お送り下さい。
送料小社負担にてお取りかえいたします。

印刷・株式会社亨有堂印刷所　製本・大口製本印刷株式会社

ISBN4-15-030781-4 C0193